LA DISPARITION

GENEVIÈVE JURGENSEN

LA DISPARITION

Calmann-Lévy

ISBN 2.7021.2303.1

La publication de ces lettres
est dédiée à Francine Cicurel

Peu, très peu après que nos filles furent séparées de nous, si petites précipitées dans l'infini, là où soudain elles avaient davantage en commun avec les plus antiques des défunts qu'avec leur père et leur mère, de proches amis m'ont prédit : « Tu l'écriras. » Un frisson de répulsion m'avait parcourue. Ecrire, c'était mettre la vie en forme pour souffrir moins. Souffrir était ma dernière façon d'aimer mes enfants. J'aurais voulu me laver de cette phrase comme d'un maléfice.

Par la suite, à travers mon combat contre la délinquance routière, j'ai souvent été amenée à témoigner. Mais les années passant, un mystère s'est creusé : dans la vie heureuse, active, riche et somme toute enviable que je menais, quelle empreinte avaient laissée Mathilde et Elise ? Quelques jours après leur mort, cheminant sous la pluie entre les tours du XVe arrondissement de Paris, une amie et moi avons vu passer un chien maigre, rasant les murs. « Tu vois, ma vie, même ce chien n'en voudrait pas », lui ai-je dit, et elle a fermé les yeux un instant. Je ne dirais plus cela aujourd'hui. Mais alors, que dirais-je ?

J'ai essayé de l'écrire. Sous une forme, puis sous l'autre, pendant huit ans. Plus j'écrivais, plus, me semblait-il, je mentais. Car l'écriture est solitaire, tandis que je ne l'étais pas. Je n'ai jamais été seule. Pourtant, je sentais chez mes interlocuteurs l'attention s'aiguiser quand j'évoquais mes filles aînées. J'ai fini par écrire à l'un d'eux les lettres qui sont réunies ici. Je n'ai pas vérifié l'exactitude de mes souvenirs : ils sont ce qui reste, pas ce qui fut.

Réalisateur à la télévision, spécialiste de l'histoire, cet ami connaissait, d'une certaine manière, le travail auquel je me livrais : travail de reconstitution à partir d'archives, de vestiges auxquels il fallait insuffler la vie, dont il fallait traquer la vérité. Parce qu'il peint, il n'ignorait rien non plus de l'écart désespérant qui éloigne sans cesse l'auteur de son sujet. Suffisamment proche — nous l'avions rencontré huit ans plus tôt — et suffisamment étranger — nous ne le connaissions pas quand nous avions encore nos filles aînées —, il a bien voulu être le destinataire de ces lettres. Il savait qu'à son soutien et ses réactions, à la moindre nuance dans ses commentaires était suspendue la lettre suivante.

Un jour, l'été dernier, il m'a fait remarquer que mes lettres tournaient au journal personnel. J'ai senti alors que j'en avais fini : j'étais retournée à ma vie d'aujourd'hui.

Pour tout être humain, la séparation qu'inflige la mort de ceux sans lesquels il n'aurait jamais voulu vivre est une énigme ; incapable bien sûr de la résoudre, j'ai voulu en exposer les termes. Seule la vie raconte la mort, qui toujours se dérobera à notre entendement : j'ai donc raconté la mienne, pendant deux ans, comme j'aurais, d'esquisse en esquisse, noir sur blanc, dessiné mon autoportrait. J'aurais pu et aimé poursuivre cette correspondance vingt ou trente ans encore. Peut-être aurai-je la chance de le faire. Mais ces lettres seront toujours incomplètes. Comme notre famille et la compréhension de nos destinées.

Jadis, j'ai été l'étudiante de Bruno Bettelheim. Nous nous sommes vus une dernière fois à Santa Monica ; veuf depuis peu, il traversait une profonde dépression. Nous avons longuement parlé. Il était si triste ! Il me le racontait. « Je sais... », ai-je fait en posant ma main sur son bras. C'était la première fois que je le touchais. Il a ri, haussé les épaules : « Que savez-vous, jeune femme ! » Puis, il m'a regardée : « Vous voyez, âgé comme je suis, ça m'intéresse encore de savoir si je vais sortir de cette dépression et comment je vais m'y prendre. »

Sur ce point je ressemble à mon vieux professeur. Vivre pour comprendre, comprendre pour vivre.

❖

4 décembre 1991

Tu n'as jamais connu nos filles, tu ne m'as jamais connue non plus de leur temps. Il faut tout te raconter. Raconte-t-on vraiment de très jeunes enfants ? Je ne montre même pas leurs photos. On n'y voit que deux fillettes guère distinctes l'une de l'autre, semblables à ces petites blondes dont sont peuplées les cours d'écoles primaires ou les plages de l'Atlantique en été. Les photos que je préfère ne sont pas nécessairement celles où leurs traits sont le plus fidèlement reproduits, ni même les plus récentes, mais celles où notre vie se dévoile. Sur l'une (je ne sais plus qui l'a prise ni où je l'ai rangée), Mathilde a deux ans. C'est l'été, je suis enceinte. Elle porte une robe grecque rapportée par maman, je suis fagotée dans une blouse ample. Nous ne sommes à notre meilleur ni l'une ni l'autre, ses cheveux raides sont un peu trop longs, mal coupés, et moi, une fois de plus, je me suis laissée grossir. Mais nous nous parlons. Assises l'une près de l'autre sur le canapé, nous croisons nos regards, elle me dit quelque chose et je l'écoute, prête à répondre, les sourcils levés. Sur une autre photo, en couleurs celle-là, prise par Laurent de plus loin, je suis assise à l'ombre dans le jardin où nous nous tenons à Uzès, après le déjeuner. Élise est sur mes genoux ; écrasée contre moi elle tourne le dos au photographe. Par-dessus son épaule, je lis un album de Tintin. Elle ne porte qu'un petit maillot de bain à carreaux, je suis moi-même vêtue d'une longue jupe provençale, d'un léger chemisier blanc commandé aux Trois Suisses et d'espadrilles. J'ai jeté cette jupe l'été dernier. Mais il me reste encore beaucoup de vêtements de ce temps-là.

Le 29 avril 1980, le photographe accrédité à l'école que fréquentaient mes filles est venu faire les photos de classe. Elles sont mortes toutes les deux le lendemain, si bien que nous avons découvert ces photos quelques semaines après la révélation de notre solitude. La classe de Mathilde est en uniforme, c'est donc une petite fille en bleu marine qui dans le rang retient son rire entre ses meilleures amies. Élise, encore en maternelle, porte la robe à col marin que lui avait offerte maman. Assise au premier rang, elle regarde l'objectif avec sérieux. Je crois que, sur cette image, elle me ressemble vraiment beaucoup.

Dans le cartable de Mathilde, que je garde à Uzès, on peut trouver son tablier, brodé à son nom, taché, les poches pleines de miettes de

Choco BN. Sur son cahier, de son écriture débutante mais soignée, elle a écrit la date qui serait celle de sa mort et de la mort de sa petite sœur : *mercredi 30 avril 1980*.

Que te dire de plus ? J'aurais aimé qu'au moins une fois tu m'entendes leur parler, fût-ce au téléphone. Je me sens impuissante à te faire admettre cette évidence : elles étaient là, j'étais leur mère. Je suis allée les chercher à l'école. Nous sommes passées au Prisunic acheter deux cirés à quatre sous, un bleu, un rouge, et je les ai déposées chez maman, non sans lui avoir fait une petite farce sur le palier : j'ai emmitouflé mes filles dans leurs cirés, capuches relevées et serrées autour du museau par le cordon noué sous le menton. Elles ont sonné, je me suis cachée, et maman a fait semblant de ne pas les reconnaître. Puis je suis rentrée chez moi, car j'étais orthophoniste à l'époque, et des consultations m'attendaient. Ma belle-sœur est venue comme prévu chercher Mathilde et Élise pour les emmener chez leur autre grand-mère, où elles ne sont jamais arrivées, puisqu'elles sont mortes en fin d'après-midi, à quelques dizaines de mètres l'une de l'autre, au bord de l'autoroute du Nord. Entre-temps, je leur avais encore une fois parlé au téléphone.

6 décembre 1991

Sur la suite, j'hésite. Il n'y a rien de commun entre avant et après, ou du moins ce qu'il y a de commun me paraît aussi pénible à excaver que les plus enfouis des vestiges.

Oui, j'hésite. Je voudrais te dire encore quelque chose de mes filles, retarder le moment où inévitablement je te raconterai comment nous avons appris leur mort. Tu sais déjà leur fin mais que sais-tu de leurs débuts ? Quand je t'aurai dit que l'une était plus blonde et plus menue, l'autre plus athlétique et plus brune, plus mate de peau, on sera bien avancé. Nous vivions à Auteuil dans l'appartement que tu as connu. Il m'arrive de croiser dans le même quartier une fillette en gabardine bleu marine qui tient par la main une petite sœur à la démarche hâtive : aujourd'hui encore, d'un coup d'œil, je vérifie que ce ne sont pas Mathilde et Élise.

J'ai peur d'échouer. J'ai peur que tu ne croies plus facilement à leur mort qu'à leur vie. Je voudrais qu'une fois, en lisant une de mes lettres, une fois, elles te manquent. Si je réussissais cela... Il y a quelques années, il m'arrivait encore d'aller dans la campagne et de crier à pleins poumons : « Mathilde ! » Je l'appelais réellement. Cela n'aurait pas été une telle surprise de voir apparaître ma fille aînée, dans sa salopette en jean et sa chemise à carreaux, au bout du chemin de terre. Bien sûr elle ne venait pas. Au moins avais-je prononcé son nom encore une fois. Il m'arrive de rencontrer une fillette qui répond au même prénom, je l'articule. Je dis : « Bonjour, Mathilde, au revoir, Mathilde » avec un sourire et je pense : « Au secours, au secours. »

Simone Veil dit que si les déportés se taisaient au sortir des camps, c'est que leur entourage n'avait guère envie d'écouter leurs histoires. Autant je sens la sincère et belle curiosité des gens pour notre histoire, autant je sens leur triste indifférence pour ce qui est de la vie d'enfants qui n'avaient rien de plus que ceux que tu filmerais partout où se promènent ces petits Français de sept et quatre ans, dans les squares, au Jardin d'acclimatation, ou faisant la queue pour aller voir *Bernard et Bianca*. Un ami qui, croyais-je, ne les avait jamais connues, m'a détrompée. « Je t'ai vue un soir d'hiver traverser l'avenue de Versailles avec elles. » Il ne m'avait pas hélée pour ne pas me déranger. Nous avions, disait-il, l'air d'être tellement « à notre affaire » qu'il a préféré nous observer de loin. Il nous a perdues de vue lorsque nous sommes entrées dans la petite rue du cinéma Les Trois Murat, où nous allions voir *Le Livre de la Jungle*. Il suffirait que tu m'aies ainsi entrevue, traversant dans la nuit une large avenue, partagée entre l'anxiété due à la circulation et la hâte de ne pas manquer le début du film. Tant pis si tu n'étais même pas tout à fait sûr de m'avoir reconnue. La plus furtive des impressions m'épargnerait d'avoir à te convaincre de la présence d'êtres qui n'ont pas vécu assez longtemps pour perdre plus de deux dents de lait.

Lettre non datée

A la veille de ce pont du 1er mai, nous n'attendions aucun appel, si bien que la sonnerie du téléphone n'a rien éveillé en nous. Nous avons décroché le combiné sans curiosité.

Un léger froissement sur la ligne indiquait l'appel de province. Ma sœur ? Non, je la savais en route pour Paris. Une voix masculine inconnue a vérifié que nous étions bien les correspondants recherchés, puis nous a dit de ne pas quitter. La voix suivante fut celle de notre beau-frère, Christian, parti avec sa femme, son bébé et nos deux filles. Nous lui avons demandé comment il allait. Il a répondu qu'il allait très mal, qu'ils avaient eu un très grave accident. Nous avons dit : « Oui ? Alors ? » Il nous a dit que nos deux petites filles étaient mortes. Nous avons cru qu'il nous faisait une blague et pensé que personne ne nous ferait une blague d'aussi mauvais goût. Laurent a dit : « Mais Christian ce n'est pas vrai. » Il est tombé à genoux, appelant ses enfants. J'ai demandé des nouvelles des autres. Tout le monde allait bien. Où fallait-il se rendre ? « A l'hôpital de Péronne. » Je ne savais pas où c'était, Christian a donné quelques explications, Laurent savait. Nous avons raccroché.

J'ai tout de suite senti l'impossibilité de m'élever à l'échelle de cet événement. La terreur enflait en moi au-delà de mes dimensions. Je ne pouvais la contenir toute. Elle enflait, enflait et moi pas. Je restais cette petite femme dans son petit appartement, adjointe à un petit homme, dans le même petit appartement. Nous étions exclusivement visés par la terreur, nous en étions la seule proie, la destinée unique, le terminus ; elle était géante et nous étions nains. Laurent m'a pris les poignets et demandé de ne pas crier. Il a dit : « Quand je pense qu'il va falloir se relever de ça. »

Beaucoup de nous est resté là pour toujours. Je te raconterai la suite, tout ce que tu veux savoir de la suite. Mais à l'instant je ne peux pas. Je cherche comme alors le lien entre mes filles et cette nouvelle.

Il fallait se rendre à Péronne. Nous ne pouvions conduire. De quoi aurions-nous besoin à Péronne ? Qu'emporter d'utile ? Les réflexes maternels fonctionnaient tout seuls. Mes yeux se portaient vers le rayon de la bibliothèque où je stockais les carnets de santé. Les carnets de santé ! Bleu marine ! Pour noter quoi ? Le dossier scolaire ? La carte de sécurité sociale ? Le livret de famille. Voilà. Ils auraient sûrement besoin du livret de famille.

On sonnait. Nous nous sommes dirigés vers la porte, apeurés, cramponnés l'un à l'autre. C'était la mère de Christian. Elle venait nous chercher avec un autre de ses fils.

Nous nous sommes installés à l'arrière de leur voiture.

Lettre non datée

Tu dis que je procède par ronds concentriques. Je voudrais procéder par ronds excentriques ! M'éloigner de ce coup de fil reçu dans notre appartement alors que nous nous préparions à partir au cinéma. Je me regardais dans la glace, quand le téléphone a sonné. Pour la première fois depuis la naissance d'Élise, nous nous étions laissé convaincre : nous partions sans les filles pour un voyage professionnel. Je sollicitais l'avis de Laurent sur la robe bleue à pois blancs que je venais d'acheter. La porte de la chambre des filles bâillait sur le couloir où nous nous trouvions, où se trouve aussi le téléphone.

Je ne veux pas de ce récit. J'ai décroché innocemment, tu comprends ? Rien ne m'a alertée. Je voulais que mon mari me trouve jolie dans ma nouvelle robe. C'est tout.

L'été, j'emmenais mes filles à Noirmoutier, où mes parents nous emmenaient ma sœur et moi au même âge. Un jour, Mathilde et Nicolas, le fils de ma sœur, jouaient au bord de l'eau, sur une plage

« côté océan », une de ces longues plages au bord desquelles passent des cavaliers et dont on n'atteint jamais le bout. Marchant entre les dunes, on dérange les nudistes, que Mathilde appelait les dunistes. Les vagues étaient hautes, les dénivellations trop brusques pour des enfants qui ne nageaient pas encore, et les algues s'agglutinaient en un tapis gluant et mobile où se prenaient les chevilles pour d'inquiétantes caresses. Nicolas bondissait dans les cris de joie tandis que Mathilde restait au bord, enlisée.

— Avance ! criait mon neveu.

Elle n'avançait pas.

— T'as peur de l'eau ?

— Non, j'ai pas peur de l'eau !

— T'as peur des crabes ?

— Non, j'ai pas peur des crabes !

— T'as peur des algues ?

— Non, j'ai pas peur des algues !

— Ben alors, de quoi t'as peur ?

— J'ai peur ! Un point, c'est tout.

Moi aussi j'ai peur, un point c'est tout. Peut-être faudrait- il que je te raconte ces instants de vive voix, en m'appuyant sur ton regard ? Je pourrais vérifier dans tes yeux que je te communique un peu de mon effroi. J'émaillerais mes phrases de : « Tu comprends ? » Je chercherais mes mots, je me découragerais : « Je ne sais pas comment t'expliquer... »

Si tu as vu *Platoon*, tu te rappelles certainement cette scène : un soldat, jeune recrue américaine, s'est malgré lui assoupi pendant son tour de garde. Quand il ouvre les yeux dans la nuit brumeuse, il scrute l'obscurité. Ses camarades dorment. Qui habite le noir, le brouillard ? Qui anime les feuillages humides ? Il est réduit à lui-même dans un pays, un climat, une végétation qui ne sont pas les siens. Le danger est sur lui, mais où, et quel danger ? C'est la guerre. La guerre va sortir du noir, de la brume et des feuilles. La guerre fend la jungle dans un bruissement végétal. Il regarde, regarde. Et ça y est. Les Viets sont là. Sur lui, en effet.

Nous aussi, quand le téléphone a sonné, comme des soldats qui s'éveillent, pris en faute, nous avons fouillé des yeux le silence de notre appartement.

Lettre non datée

Dans son journal de bord, après avoir tué Luc Taron, Lucien Léger écrit : « J'avance vers la Seine après avoir tué pour rien le plus seul des innocents passants. »

Jamais tu ne m'entendras comparer la mort des petites à un assassinat. Je repréciserai cela plus tard si tu veux. Cette phrase de Lucien Léger dit simplement avec justesse ce moment de la vie que tous n'expérimenteront pas, que beaucoup ne seront jamais là pour raconter, ce moment où l'on est mis en joue. Elles sont parties, Mathilde et Élise, au moment nécessaire pour que Jacques I. les tue, elles et elles seules. Il a fallu pour cela une accumulation extraordinaire de circonstances concordantes. Une seule eût-elle manqué, personne n'aurait su à côté de quel désastre nous étions passés. Je te raconterai toutes ces circonstances. Parce que leur énumération dit aussi le genre de vie que nous menions, quels liens étaient les nôtres et les limites de notre pouvoir.

Le téléphone a sonné dans la quiétude de l'appartement et nous aussi avons été mis en joue. Au fur et à mesure que la conversation avançait, dans le peu de phrases qu'il a fallu pour arriver à la déflagration, nous avons pris conscience que les canons ajustaient leur tir et qu'il fallait nous offrir à leurs boulets.

Lundi 6 janvier 1992

Donc nous sommes partis pour Péronne. A l'arrière de la voiture, nous étions serrés l'un contre l'autre. Laurent m'a donné une cigarette, je ne sais pas d'où il la sortait car nous avions cessé de fumer tous les deux depuis des années. Quelques minutes plus tard, sentant mes mains froides, la sueur sur mon front, l'impression de faiblesse, je lui ai dit que je me sentais partir et il m'a répondu : « C'est la fumée. »

Je ne me rappelle pas s'il y avait ou non des encombrements. La distance m'a paru longue. Nous nous sommes arrêtés dans une station-service pour faire le plein, Mme L. m'a proposé de boire quelque chose, ce que j'ai fait. Dans la cafétéria, les gens semblaient lointains.

Sur le bord de l'autoroute, ici et là, j'apercevais une voiture accidentée. Je serrais le bras de Laurent et il disait : « Mais non. Ce n'est pas la leur. »

Nous sommes arrivés à la porte de l'hôpital. Jean-Bernard a demandé où nous devions nous rendre et le portier a répondu : « En chirurgie. » J'ai cru alors que mes filles avaient été opérées avant de mourir et tout a encore enflé vers l'infini. Des couloirs. C'était difficile de marcher. Ma belle-sœur au bout d'un couloir, les bras qui se ferment autour d'elle, une pièce. Mon beau-frère, ma belle-sœur, un inconnu. On nous demande si nous voulons les voir, si nous voulons voir nos filles. Il aurait fallu m'y traîner avec un tracteur.

On nous demande si nous voulons prévenir quelqu'un. Je comprends alors que cette horreur ne s'arrête pas à nous, qu'il faut prévenir maman. Non. C'est le soir. Elle n'attend aucune nouvelle ce soir. Qu'elle dorme, encore une fois.

J'avais raison, ils ont besoin du livret de famille. Quand ils le demandent et que je réponds : « Oui, nous l'avons apporté », j'ai un instant de fierté. Nous sommes de bons parents. Nous avons pensé à tout.

Aline et Christian vont passer la nuit à l'hôpital près de leur bébé Aude. Tous trois doivent rester en observation.

On nous ramène. En fait, nous sommes venus pour rien. Dès la première seconde, la mort est ce rien.

Mme L. suggère que nous dormions chez elle. Je veux bien. Elle a perdu un fils, jadis. Je reste en bas de notre immeuble pendant que Laurent monte chercher pyjamas et brosses à dents. Je ne veux pas retourner dans l'appartement. Je crois que Laurent aurait préféré y rester.

Chez les L., nous mangeons ce qu'on nous donne, nourriture et somnifère.

18 janvier 1992

Je manque moins de mots pour te raconter tout cela que de courage. Quand je remarque un oubli et qu'il faut remonter en arrière, je me dis : « Est-ce vraiment nécessaire ? »

Avant de prendre le somnifère, nous avons songé que là-bas, à La Haye, des grands-parents attendaient nos filles. Les parents de Laurent. T'ai-je raconté qu'ils assistaient au couronnement de Beatrix de Hollande ? T'ai-je dit qu'en ce 30 avril 1980, cette jeune femme montait sur le trône, si bien que depuis, cette date est célébrée là-bas comme l'heureux anniversaire d'un événement dont l'effet secondaire fut la mort des petites ? Que mon beau-père, ambassadeur de France, et ma belle-mère assistaient aux fêtes ? Que le personnel de l'ambassade était donc réquisitionné et qu'on n'avait trouvé personne pour aller chercher les petites à l'aéroport ? Que j'avais, résignée au tout dernier moment seulement, annulé les places louées pour elles sur l'avion d'Air France ? T'ai-je dit que chez maman, avant que leur tante les emmène, elles avaient regardé à la télévision la cérémonie du couronnement que je suivais moi-même d'un œil à la maison ? T'ai-je raconté que, voyant la silhouette et la démarche si typiques de mon beau-père, j'avais téléphoné à maman pour demander si tout le monde l'avait aperçu et que j'entends encore dans le fond la voix navrée de Mathilde : « Non ! Je ne l'ai pas vu. » Dernière, dernière fois. Maman m'a raconté qu'Élise à cet instant tournait le dos à la télévision, absorbée dans un dessin, mais que cela ne l'avait pas empêchée d'affirmer vigoureusement : « Si, moi, je l'ai vu. » Et que Mathilde, ivre de ce spectacle fastueux, de ces belles robes, ces joyaux, cette musique grandiose, avait, audacieuse et rougissante, pris date à voix basse : « Moi, plus tard, je voudrais être reine de France. »

Depuis, je n'ai plus appelé ni Mathilde ni Élise. Ou si j'ai appelé ma fille aînée, c'était sans espoir qu'elle me réponde. C'était pour sentir encore une fois vibrer dans mon larynx les syllabes choisies quand j'avais vingt-cinq ans, l'arrangement de voyelles claires et de consonnes aquatiques qui devaient nommer le premier de mes enfants, l'accompagner toute sa vie, lui servir de passeport, annoncer son arrivée, n'être dit qu'avec une pointe de timidité et trahir pour finir, dans la bouche de celui qui l'aimerait, toutes les émotions que cette fillette ferait naître un jour, qu'elle seule en un seul jeune homme aurait suscitées, lui qui ne le saura jamais, qui vit et qui ne l'aime pas.

Il était convenu que ma belle-mère s'échapperait des cérémonies pour regagner l'ambassade et attendre sa fille, son gendre et ses trois petites-filles. A cette heure, on pouvait la joindre. Mais elle était seule à la résidence. Seule près de la chambre d'enfants qu'elle avait aménagée avec d'autant plus d'anxieuse tendresse que nous n'avions jamais facilement confié nos enfants. Pouvait-on lui passer ce coup de fil, alors qu'elle était seule ? Non. Il fallait plutôt joindre mon beau-père au Palais, à Amsterdam, et lui dire de rejoindre sa femme. Au plus vite, car certainement elle commençait à trouver le temps long. Je ne sais plus comment Laurent a trouvé les bons numéros de téléphone. Il a parlé à son père, que j'entendais dire : « Ah merde, ah merde, je vous aime, je vous aime tellement », et il fallait le convaincre de partir retrouver sa femme, et lui protestait devant cette tâche impossible : « Il ne faut pas lui dire... » Mais comment le lui cacher ? Il a pris la route.

Pour ma mère, j'avais décidé. Je demanderais à un couple d'amis (des amis à elle, mais nettement plus jeunes) de venir le matin, à son réveil, avant qu'elle n'ait le temps de chercher à me joindre pour s'enquérir du voyage « des deux chéries », comme elle disait. J'ai donc appelé Jean-Paul et Simone. Je les ai réveillés, il devait être minuit. Et je les ai chargés de mission. Je ne crois pas avoir sous-estimé l'ampleur de l'effort demandé. Mais c'était le moment pour les amis d'être héroïques.

Somnifère, donc, et chambre. Mme L., je crois, m'a suggéré d'aller faire pipi. Il fallait tout me dire.

Je me suis retrouvée dans le couloir, le long couloir de cet appartement ancien, abritant à Auteuil une famille nombreuse. Je me guidais aux murs, bien que la lumière fût allumée. Je me dirigeais vers une sonnerie. Dans le vestibule, Mme L. venait de décrocher le téléphone. Me voyant venir, somnambule extralucide, elle a dit à ma belle-mère : « Je vous passe Vève. »

Au téléphone, la voix de ma belle-mère. Elle voulait des nouvelles, elle attendait depuis si longtemps. Personne n'était arrivé. Elle ne comprenait pas ce que je faisais chez les L. Je lui ai dit : « Christian, Aline et Aude vont bien. Mais Mathilde et Élise sont mortes. » Elle a crié, elle a dû s'éloigner du téléphone car j'entendais ses cris d'un peu loin, et puis à ce même instant mon beau-père est arrivé. Je suis retournée me coucher en m'appuyant aux murs.

21 janvier 1992

Quand nous nous sommes réveillés, vers sept heures du matin, j'ai senti autour de moi l'immensité de la ville endormie et il me semblait voir dans le lointain quelques toits sous lesquels se reposaient des amis que je devais joindre. Je ne pouvais attendre. Je voulais qu'ils sachent. Je voulais que le téléphone sonne chez eux, qu'ils décrochent, qu'ils m'entendent. Je voulais que s'allume comme une torche le feu de leur amour. Je voulais que s'épanche en un torrent le désespoir de leur impuissance. Je savais qui je voulais appeler et qui, à leur tour, ils devraient appeler. De maison en maison, de rue en rue, que chacun sache. Que nul n'ignore. Que celui pour lequel ces quatre noms voulaient dire quelque chose, Laurent, Geneviève, Mathilde, Élise, que celui-ci se réveille et hésite à croire ce que j'annoncerais.

Nathalie d'abord. Je la savais à la campagne. Dans la petite maison des bois, à trente kilomètres de Paris, les bois de notre enfance, j'ai appelé. Son mari a décroché, la voix engourdie. « Renaud, excuse-moi » et lui : « Tu veux parler à Nathalie. » Elle, elle. Qu'elle vienne au téléphone, vite, qu'elle vienne. Sa voix à elle, interrogative : « Geneviève. » Je lui dis : « Nathalie, j'ai perdu mes enfants... » Elle hésite à comprendre, me demande ce que je veux dire. Elle espère qu'elle n'a pas compris. Je lui explique.

Il faut prévenir Philippe, le frère de Laurent. Je ne me rappelle pas avec certitude qui a appelé. Peut-être moi. Je crois que je suis tombée sur sa belle-mère, à Palaiseau : c'était le pont du 1er mai, chacun se trouvait ailleurs que chez soi. J'ai su plus tard par Françoise, la femme de Philippe, que sa mère était venue dans sa chambre et l'avait réveillée avec ces mots : « Françoise, il est arrivé un grand malheur. » Elle avait alors pensé à ses trois fils, et passé chacun des trois au crible : lequel ?

Laurent a envoyé un télégramme au Maroc, où nous étions attendus. J'ai appelé mon chef d'équipe, le psychanalyste avec lequel je travaillais. Je lui ai demandé si je le dérangeais. Avec un sourire démentant sa dénégation, il m'a dit : « Non, vas-y... » Je lui ai raconté que mes enfants étaient morts, que j'espérais être au bureau lundi mais que je ne savais pas, que j'étais désolée des éventuelles complications, que je le tiendrais au courant... Il m'a dit combien il se sentait désarmé et je me souviens des accents accablés de sa voix familière et si grave.

Laurent a regardé sa montre. « Ta mère est au courant maintenant. J'y vais », m'a-t-il dit. Il est parti à pied, seul, dans les rues vides de ce 1er mai, dans la lumière crue de ce premier matin. Plus tard le téléphone a sonné, c'était lui : « Tu veux parler à ta mère ? » « Oui... tout de suite ! Tout de suite ! » Il me l'a passée et je me suis entendue japper comme un chiot : « Maman ! Maman ! » Et elle : « Tu veux que jc vienne ? » Il fallait qu'elle vienne, là, qu'elle passe la porte maintenant. Maman, viens.

Laurent est arrivé avec elle. Avec Jean-Paul et Simone aussi, qui l'avaient prévenue. Elle est entrée, comme elle était petite, et vieille, et tassée, voûtée dans son manteau de laine. Oh, maman.

Il faut que je te raconte autre chose. Quelque chose d'heureux, n'importe quelle anecdote fera l'affaire. Je ne veux pas être coincée sans y être obligée dans cette chronologie vieille de onze ans. Bientôt douze, maintenant.

22 janvier 1992

Le 20 octobre 1972, j'ai accouché de Mathilde. C'était encore la préhistoire de l'accouchement : pas d'échographie, pas de péridurale, pas de monitoring. Admise de nuit à l'hôpital, Laurent prié de regagner ses foyers, je suis restée seule des heures ; quelquefois une rude infirmière venait me dire d'arrêter de m'écouter, de me lever, marcher, penser à autre chose. Après quoi, quand sages-femmes et médecins sont arrivés, vers neuf heures, ils m'ont collé dans le sang une perfusion destinée à accélérer le mouvement et m'ont transportée dans la salle d'accouchement. Laurent attendait derrière la porte. A quatorze heures elle est née et tout de suite, pour toujours, c'était elle, Mathilde Jurgensen, ma fille aînée, emmaillotée dans le berceau de fer, à côté de la table sur laquelle on me recousait. Je la regardais, je la rencontrais, je me présentais à elle. Nous étions sérieuses toutes les deux, interrogatives et consentantes. Après douze heures d'efforts, furieuse d'avoir tant souffert, je me savais pourtant sûre de moi. Nulle en course à pied, déséquilibrée sur mes skis, approximative avec une raquette de tennis, incapable de sauter plus d'un mètre en hauteur, angoissée par la mer et vite épuisée à vélo, j'avais enfin découvert un sport qui me convenait : accoucher.

Ils m'ont remontée dans une chambre et offert une soupe : les légumes salés, c'était bon ! Et puis maman est arrivée, jeune, souriante, rayonnante même. Elle s'est penchée sur le berceau et j'ai entendu sa voix chérie, une voix que je n'aurais pu évoquer mais que j'aurais jusqu'à ma mort reconnue entre toutes, cette voix chantante qu'elle avait pour moi quand j'étais toute petite. Ces accents-là, qui m'avaient accueillie vingt-cinq ans plus tôt, carillonnaient encore une fois pour Mathilde.

J'avais les cheveux longs jusqu'aux reins. Emmêlés par la sueur, ils semblaient irrécupérables. Je me suis assise sur mon lit, j'ai tendu un peigne à maman et elle a entrepris de me coiffer. Cela a duré longtemps. A quand remontait la dernière fois ? J'étais de nouveau son petit enfant parce que j'étais une maman comme elle. J'avais une fille, j'étais la sienne. Soudainement jeunes mères, elle et moi.

Laurent et moi étions insouciants. A l'hôpital, il s'asseyait en tailleur sur mon lit et jouait au poker avec moi. Quand nous sommes partis, nous avons payé mon séjour à la caisse puisque nous n'étions pas assurés sociaux (nous revenions juste des États-

Unis et Laurent ne travaillait pas encore), et avons oublié le bébé au guichet...

Entre ces moment-là et la journée que je t'ai racontée dans ma dernière lettre ont passé sept ans, six mois et dix jours. Je te raconterais volontiers aussi la naissance d'Élise. Tu sais combien les femmes se complaisent à narrer ces instants-là tout en sachant qu'ils n'intéressent personne ! Mon Élise, ma petite Élise, je ne te dirai rien d'elle. Sauf qu'en regardant la photo de classe sur laquelle elle figure, assise par terre en tailleur dans sa robe à col marin au premier rang à gauche, un ami, plongeant les yeux dans les siens sombres sous la longue frange châtain, scrutant cette image fixée la veille de sa mort, cet ami m'a dit à voix basse : « C'est toi. C'est toi en petit ».

Mourir petit. Mourir beau. Mourir, petite écolière de maternelle. Mourir à quatre ans et demi. Mourir.

Elle n'est plus moi en petit, Élise, elle est moi en grand.

30 janvier 1992

Tu me l'as dit hier : découvrir dans ma dernière lettre que je devrais être aujourd'hui la mère d'une jeune fille de dix-neuf ans t'avait bouleversé. Nous étions au café, porte de Saint-Cloud, et tu me regardais derrière tes lunettes, de l'autre côté de la table carrée. Je me suis sentie vieillir de dix ans. Comme si tes yeux filmaient en accélération dix ans de flétrissement, pendant que tu t'adaptais à cette révélation. Serions-nous amis, toi et moi, si j'avais une fille de dix-neuf ans, ma fille de dix-neuf ans, et une autre de seize, ma fille de seize ans ? Tu ne me l'as pas dit mais j'entendais : « Tu pourrais être bientôt grand-mère. » Ton fils à toi a onze ans et demi. Je suis plus vieille que toi tout d'un coup, là, dans ce café. J'ai froid. Je ne peux rien à tout cela. Le 30 avril 1980, un volcan a déversé ses cendres sur nous, j'avais alors trente-trois ans, Laurent trente-deux. Les enfants sont morts. Pour nous, le temps s'est figé, c'est cette fixation que je te raconte.

Pour d'autres aussi, le temps passe différemment. Les religieux, par exemple. Qui peut dire l'âge d'un moine ou d'une carmélite ?

J'ai l'âge que j'ai et je ne l'ai pas. Je ne suis pas la mère de ces grandes filles-là. Je ne peux pas à la fois avoir perdu mes enfants et faire aussi vieux que si elles avaient grandi. Je voudrais que tu me perçoives comme avant, mère d'enfants plus jeunes que le tien. Oui, ils me rajeunissent. Tu dois absorber ce désordre. La réalité d'une maternité n'est pas plus forte que la réalité de l'autre. Ils sont encore petits, mes enfants, et leurs grandes sœurs ne sont là ni pour les babysitter, ni pour faire vieillir leur mère. Je suis d'un âge qui te dépasse. De toute façon, dans ces journées que j'étais en train de te raconter, ces trois jours qui ont séparé le mercredi de la mort du samedi des funérailles, trois siècles ont passé. Je te le répète : le mystère est complet et je ne ferai que l'épaissir quand je te raconterai la suite, si je m'y résous. Garde-moi ta confiance, accepte de ne rien comprendre. J'ai peur de ne pas me sortir de ces fouilles archéologiques, de m'enterrer, de disparaître sous tes yeux.

Je m'étais promis de n'opérer aucune digression et déjà je ne m'y suis pas tenue. Tu m'as dit toi-même ne pouvoir absorber ce récit qu'à petites doses. Mais ce récit, d'une pitoyable faiblesse face à la réalité, a été notre unique pitance pendant des années.

Autre chose encore. Je n'aime pas parler de moi.

Le malheur, c'est à elles qu'il est arrivé. A elles seules. Et voilà, je parle de moi. J'occupe le terrain. D'elles, on ne saura jamais rien.

12 février 1992

Ces lettres ramènent mes filles dans ma vie, dans mes rêves, et m'arracher à la douceur de ce retour pour me concentrer sur leur fin me semblait injuste : d'où ces jours de silence. Depuis la mort des petites, je suis souvent soucieuse d'être juste envers moi-même.

Je ne sais même plus précisément où j'en étais. Tant pis. Ce devait être au cours de cette matinée où peu à peu les gens se sont prévenus les uns les autres, où les plus proches sont venus, se sont jetés dans la rue pour venir dans cet appartement inconnu de l'avenue Théophile-Gautier. Je vois ces ombres, je me vois sur le canapé. Tu sais, c'est utile, un ami, une amie d'enfance. Une sœur, un frère. Ou des gens plus lointains qui, tremblant d'échouer, sentent qu'ils ont malgré tout un rôle à jouer. Dans les couloirs, chuchotant, ils étaient tous là, cherchant la meilleure idée. Et une question urgente se posait : où nous mettre ? Où serions-nous le mieux pour souffrir ?

Catherine, la fille de mon parrain, assise près de

moi, m'a dit une chose que je n'ai pas comprise et que je ne comprends toujours pas aujourd'hui. Mais dans l'instant, j'ai su que son affirmation portait la marque de la vision dans son mystère et sa vérité. Elle m'a dit : « Elles ont eu une vie complète tout de même. » Je sais qu'un jour, avant de mourir, je comprendrai cette phrase. Je sais qu'elle dépasse la raison et qu'il faudra, pour l'assimiler, atteindre une dimension qui ne peut encore être la mienne. Je sais qu'en un sens, oui, en sept ans et demi, en quatre ans et demi, Mathilde et Élise sont venues sur terre faire œuvre humaine, œuvre complète à laquelle ne manque aucune nuance ni un millimètre de profondeur. Je sais aussi que, me sentant encore si complètement leur mère, je ne peux que rejeter farouchement tout cela et dois me cantonner à la rage de voir mes enfants privées de tout, tandis que gronde et piaffe au fond de mon cœur un animal étrange, une chimère toute-puissante qui veut encore les sauver.

Nous sommes partis nous installer chez Philippe et Françoise, le frère de Laurent et sa femme. Ils avaient confié leurs trois petits garçons à la mère de Françoise et nous ont donné leur chambre. Quelques amis sont venus là aussi, ce même jour, près de la place de la Nation, donner un coup de main. Préparer un potage, je me souviens de cela. Nous apporter des affaires aussi, peut-être ? Je ne sais plus. J'ai commencé à vomir et Françoise a appelé S.O.S. Médecins. Un jeune psychiatre est venu. Il travaillait dans le même secteur psychiatrique que moi autrefois, nous avons parlé de cet hôpital où j'avais passé trois ans de ma vie professionnelle et qu'il connaissait bien. Je lui ai demandé, puisqu'il évoquait le « travail du deuil », combien de temps ça durait, mais il ne savait pas, le pauvre. Il a laissé une ordonnance.

Voilà. Jeudi soir. Nos filles étaient mortes depuis vingt-quatre heures. Je pense que déjà l'enterrement avait été évoqué ; j'avais dit que je n'irais pas. Rien ne peut expliquer, *a posteriori*, cette décision. Je constate simplement qu'à vingt-quatre heures d'un événement si soudain, si complet et définitif, je ne me sentais pas concernée par l'enterrement des deux enfants qui, la veille, regardaient à la télévision la cérémonie à laquelle assistaient les grands-parents qu'elles partaient rejoindre.

De ce fait, pour nous épargner, un faire-part a été rédigé sans notre participation et envoyé au *Monde* et au *Figaro*. Le vendredi matin, son texte m'a été soumis au téléphone par Aline. Une longue liste de gens informaient la population de la mort de deux fillettes dont le nom, à la queue de tout cela, me parut insignifiant. Ma sœur avait été oubliée de ce digne cortège. Je me suis sentie renaître autocrate, sauvage, imperméable aux contingences matérielles, ricanant quand on m'a dit que rien ne pouvait plus être rattrapé pour modifier le texte de l'annonce nécrologique. Si on pouvait tuer deux petites filles, on pouvait arrêter des rotatives, mettre une édition de quotidien au pilon, éventuellement faire exploser le siège du *Monde* et du *Figaro*. De ce faire-part, Mathilde et Élise devaient être les stars. Et ceux qui apprendraient là leur mort devaient en connaître les circonstances. C'est donc, après des courses à travers Paris que j'imagine mais dont je n'ai rien su, ce texte qui fut publié : « Laurent et Geneviève Jurgensen ont la douleur de faire part de la mort de leurs deux petites filles, Mathilde, âgée de sept ans et demi, et Élise, âgée de quatre ans et demi. Elles ont été tuées sur le coup dans un accident de la route le 30 avril 1980. » Suivaient les noms des familles alliées et les prénoms des cousins.

Le même jour, Jacques Schneider, le prêtre qui avait baptisé les petites, a lu parmi les faits divers, dans un journal qu'il ne lisait jamais, un bref article mentionnant l'accident. Il a fouillé ses archives. Appelé chez nous où il n'a trouvé personne. Appelé le parrain de Mathilde, qui lui a confirmé qu'il s'agissait bien d'elle et de sa petite sœur. Jacques Schneider nous a fait savoir qu'il concélébrerait la messe. Jacques Schneider ? Avec lui, j'irais à l'enterrement. D'un baptême l'autre... Voilà. J'étais là.

Lettre non datée

La sonnette ce vendredi a tinté et j'ai entendu, reconnu, dans le vestibule, la voix de Raymond qui me demandait. Je suis allée vers lui, il m'a dit tout bas : « Il y a beaucoup de monde, je t'emmène un instant ? » J'ai attrapé mon manteau et ai marché à son côté, comme une enfant, ma main dans la sienne, jusqu'à un café de la place de la Nation. Je lui ai raconté. Je me tenais à son regard comme souvent. J'accrochais mes yeux aux siens. Son visage affectueux et ironique. Ses piques, autrefois, pour chahuter la jeune fille trop grave, appliquée, tremblant de lui déplaire. Sa compagnie toujours épisodique, toujours importante. Autrefois — hier — il venait chez nous ; dans l'appartement tranquille nous écrivions des textes de chansons, des scénarios. Autrefois — avant-hier — nous étions dans la même classe de philo. Autrefois, il m'avait prêté de l'argent parce que j'étais aux abois, une question de vie ou de mort. Et qui, à vingt ans, avait à la fois l'argent et l'amitié ? Autrefois, le jour de mon mariage, les journaux parlaient de son beau-père bien-aimé, homme politique célèbre, le même jour disparu en mer.

J'étais avec Raymond au café, comme autrefois. Un jour — hier — il était arrivé à la maison pendant que j'étais descendue acheter du pain pour notre déjeuner. Quand je suis revenue, Mathilde, en kilt bleu et vert, lui expliquait que je n'allais pas tarder. Tu ne la trouveras plus chez moi, Raymond. Sa petite sœur non plus. Elles ne sont plus chez moi.

Ma sœur était arrivée de Savoie, mon beau-frère et leur fils Nicolas aussi. Ma sœur et moi, au téléphone, psalmodions : « Toutes les deux, toutes les deux. » Je m'entends lui dire : « Toutes les deux, Christine, elles sont mortes toutes les deux » et elle me répondait : « Oui, oui, toutes les deux. » Nous enlacions nos voix comme dans le *Stabat Mater* de Pergolese que Jacques, son mari, était allé acheter parce que je voulais l'entendre le lendemain à l'église.

Le soir, somnifères. Le matin, il faut partir. Nous nous habillons dans des vêtements noirs prêtés par les uns et les autres, une cape de ma marraine, en particulier. Je me coiffe. Françoise me surprend qui me mets du crayon noir sur les yeux : « Ce n'est pas une bonne idée », me dit-elle tendrement.

Je ne sais plus qui nous a emmenés. Je n'ai aucun souvenir de la route qui menait à Compiègne, où aurait lieu la messe, puis l'enterrement dans la tombe où nos filles avaient récemment enterré leurs arrière-grands-parents paternels. Le samedi précédent, nous avions fait le même trajet dans notre 304. Laurent au volant, moi à côté, les filles à l'arrière. La maison de Compiègne est au bout de la même route que l'église, le cimetière. C'est la même route. La semaine dernière, le week-end dernier, nous avions cherché des jonquilles en forêt et Laurent racontait avec sa nostalgie si poignante combien cette forêt de son enfance, où jonquilles et jacinthes sauvages poussaient en un épais tapis jaune et bleuté, avait changé. Le week-end dernier, Mathilde et Élise, sous je ne sais quel prétexte, avaient enterré deux petites poupées identiques dans le jardin.

C'était la même route. Je ne me rappelle rien.

25 février 1992

En te parlant hier, je pensais combien j'étais fatigante avec mon désir de m'expliquer. Depuis la mort des petites, environ cent quarante mille personnes ont connu la même mort. Sur la route. Je suis toujours là, à vérifier dans tes mimiques, dans tes intonations, vérifier que tu imagines, tu captes, tu te pénètres. Au téléphone je te demande : « Tu as reçu ma lettre ? » Je me rappelle, il y a sept ans, un déjeuner avec Gabriel Matzneff. Au passage, dans une conversation qui n'avait rien à voir, je lui ai glissé une phrase à propos de mes filles. Nous étions dans un restaurant italien. Quand, après une seconde de silence, j'ai levé les yeux de mon assiette de carpaccio pour aller à la rencontre de son beau regard pâle, il pleurait. Je me souviens de ce serrement de cœur, comme autrefois je serrais les petites mains dans la mienne. Mes filles. A nous trois, nous l'avions fait pleurer, Gabriel.

Donc, nous arrivons à Compiègne sur la place de l'église. Une place pavée. Des silhouettes, nombreuses, se dirigent vers les grandes portes. Je les reconnais. Je cours vers l'un, vers l'autre, nous nous étreignons. Je leur dis : « J'ai vu arriver Untel, il est déjà dans l'église, allez vous asseoir ensemble. » Ce sont des gens de tous horizons. Je veux qu'ils se regroupent, se réchauffent. Il y a les amis du bureau, la gardienne de l'immeuble avec le plombier, il y a les voisins, les parents d'élèves, notre pédiatre, la famille, les cousins savoyards, les cousins Bertrand, ceux de Pierrefonds, les amis de maman, les nounous successives, les parrains, les marraines, ceux qui ont veillé sur mon enfance, sur celle de Laurent, il y a tout ce qui fait une vie. Des fleurs, des banderoles aux textes câlins. Sur le parvis, je vois ce tissu d'êtres qui pour la plupart ne se sont jamais rencontrés. Et soudain ce petit corbillard qui se gare et me fait dire : « Les voilà. » Je vais avec Laurent au-devant d'elles. Des hommes descendent deux cercueils, bien petits tous les deux, l'un encore plus petit que l'autre. Je n'ai jamais vu de si petits cercueils. Nous vérifions les inscriptions. Surtout qu'il n'y ait aucune erreur. Tout ce qu'il leur reste est là : leur prénom principal, leur deuxième prénom, leur nom de famille, le jour de leur naissance, le jour de leur mort. Le même jour pour l'une comme pour l'autre. J'avais nommé Mathilde en pensant à la fière jeune fille qu'aimait Julien Sorel. Marie en deuxième prénom pour la confier à la Vierge. Laurent avait choisi Élise pour qu'elle inspire à son tour, comme à Beethoven, les plus belles lettres d'amour, les plus belles œuvres. Et Sarah en second parce que la vie est longue, l'espoir infini et la maternité triomphante. Toutes ces belles histoires étaient gravées dans le cuivre sur les cercueils de bois clair. Où vivent aujourd'hui leur Julien Sorel, leur Beethoven, ignorant à côté de qui leur vie est passée ? Où sont les amants de Mathilde et d'Élise ? Qui se penche aujourd'hui sur d'autres visages ? « Je les aurais peut-être mariées à des gommeux », m'a dit Laurent quelques jours plus tard. Tu parles. Il n'y croyait pas lui-même. Elles auraient séduit les seigneurs de l'univers.

Nous sommes entrés dans l'église à la suite de nos enfants, les avons suivies le long de la nef. Deux silhouettes bien frêles suivaient aussi, maman et ma belle-sœur Aline. La jeune et jolie tante qui conduisait la voiture. La jeune maman — où était son bébé ? Je ne sais pas qui gardait Aude ce jour-là. Aline, qui avait treize ans quand j'ai rencontré son frère. Pour financer notre voyage de noces, elle avait vendu une saillie de son chien ! Être si jeune, être pour toujours la petite sœur, celle que Laurent n'appellera jamais que « cocotte », se marier, prendre ses nièces pour demoiselles d'honneur, avoir vite un bébé pour raccrocher son wagon à celui des aînés, et commencer comme ça dans la vie des adultes, en conduisant la voiture d'où les demoiselles d'honneur seront éjectées.

3 mars 1992

Tu connais la chanson de Brassens sur le petit cheval, « qu'il avait donc du courage » ? « Il est mort dans un éclair blanc, tous derrière, tous derrière, tous derrière et lui devant. » C'était cela. Que nos filles avaient donc du courage, nous derrière, elles devant. Nous ne faisions que suivre. C'était à la fois l'atmosphère de la tendre enfance, avec toutes les fleurs, les surnoms sur les banderoles, les pois de senteur, les rubans, les robes à col marin et les souliers vernis que j'avais demandé qu'elles portent, et l'atmosphère du bout de la vie, ce chemin vers l'infini qu'avaient pris mes quatre grands-parents et papa. Nous remontions la nef dans le désordre : nous derrière, elles devant.

A l'entrée de l'église, une folle barrait le passage. Vêtue de moire, d'une sorte de costume médiéval grotesque, elle vociférait. Je ne saurais te dire précisément ce qu'elle disait, il était question de boucherie, de carnage. Cela faisait du bruit. J'ai dit à Laurent : « Il faut qu'elle parte » et Laurent m'a répondu que l'église était ouverte à tous. Il avait raison. Elle a gueulé pendant tout l'office, mais je ne l'ai plus guère entendue. J'ai su par la suite que mon cousin Pierre n'en pouvait plus, il souffrait pour moi, disait à ma tante : « C'est insupportable pour Vève », mais n'a pas voulu s'en mêler, craignant de plus grands désordres encore. Quant à Françoise, elle avait imaginé, puisque la folle paraissait mystique, lui dire que le pape l'attendait devant l'hôtel de ville...

C'est la messe. Les sanglots me parviennent en une houle qui, dans mon souvenir, me maintient debout. Mais Laurent se rappelle avoir dû me prêter main-forte. C'est la communion. Ma sœur passe devant moi, je sens ses mains dans mes cheveux, elle y enfouit son visage et me dit : « Nico vient de communier pour la première fois. » T'ai-je déjà parlé de Nico ? Mon neveu, seul enfant de mon sang vivant, ce jour-là. Il a huit ans. La famille n'existe plus, n'existera jamais plus à sa génération. Dans la foule, entre autres enfants, Dorothée et Fabienne, les « sœurs jumelles » de mes filles. A la rentrée, quand la mère de Dorothée avait vu, sur les listes scolaires, qu'elle n'était pas dans la même classe que Mathilde, elle avait fondu en larmes. Et quand Mathilde venait au jardin d'enfants chercher Élise, la maîtresse se trompait régulièrement, appelant Fabienne, ou, à l'inverse, appelant Élise si c'était Dorothée qui se présentait sur le seuil de la classe. Elles étaient là, Dorothée et Fabienne, pour enterrer leurs doubles.

J'ai su plus tard qu'à Tristan, cousin chéri de Mathilde, Françoise avait dit : « Personne ne t'aimera jamais comme elle t'aimait ».

Nous avons reçu les condoléances. Je voulais voir les gens un par un. Je voulais ce défilé de gens utiles, présents, aimés avant, aimés pendant, aimés demain. Je voulais les voir, leur dire clairement l'efficacité de leur présence. Je voulais pour mes filles un enterrement de reines, je l'avais.

Ensuite, nous sommes partis pour le cimetière. La famille, de rares amis. Il faisait beau. Les fossoyeurs ont demandé si nous voulions qu'on installe les enfants dans le caveau l'une au-dessus de l'autre ou tête-bêche : on ne pouvait les mettre à côté l'une de l'autre que tête-bêche. C'est la solution que nous avons adoptée. Des oiseaux chantaient et la grand-mère de Laurent, avec son accent bourguignon, a dit : « Bien sûr, ils chantent. Ici, ils sont tranquilles ».

C'était fini. Ne restait qu'à rentrer. Françoise avait préparé un repas. L'après-midi, je suis allée chez maman voir mon oncle et ma tante qui repartiraient tantôt pour la Haute-Savoie. Dans l'entrée de l'immeuble, la concierge est sortie de sa loge pour me voir. Mathilde y allait souvent, jouer avec sa fille. Elle m'a dit : « Vous verrez, on s'habitue à tout. » C'est certainement ce qui m'a été dit de plus simple, vrai, brutal et clairvoyant ces jours-là. On pouvait à sa guise en tirer espérance ou mépris définitif pour l'humanité.

J'ai fini maintenant de te raconter ces trois journées qui ont séparé la vie avec mes filles de la vie sans elles. Jusqu'ici, ça m'a paru facile. La suite... Elle ne peut être chronologique, ma mémoire ne me le permet pas. Sans doute faudrait-il que j'ouvre mon agenda de l'époque. J'y trouverais des rendez-vous pris innocemment pour mes filles au-delà du 30 avril. Dentiste, goûter d'anniversaire. L'heure de l'avion sur lequel j'avais réservé leurs places pour « l'Hollande », comme disait Mathilde. Comment veux-tu que je fasse ça ?

13 mars 1992

Pourquoi être restée si longtemps sans t'écrire ? Tout à l'heure j'avais envie de t'appeler au téléphone pour t'inviter à dîner un prochain dimanche avec des amis et j'y ai renoncé, sentant que si je te parlais je ne t'écrirais pas.

Le lundi, je suis allée chez le dentiste à la place de Mathilde. J'avais pris rendez-vous pour elle et il m'a semblé plus facile d'honorer ce rendez-vous que de l'annuler. Dire : « Veuillez excuser ma fille auprès du docteur, elle ne viendra pas car elle est morte », ça ne m'intéressait pas. Maman m'a-t-elle accompagnée ? C'est vraisemblable. Le docteur, qui me soigne depuis mon enfance, m'a vue, consterné, m'asseoir sur le fauteuil. Il m'a dit : « Vous n'auriez pas dû venir, madame. » Je savais qu'il avait perdu un frère aîné, cela rendait les choses plus faciles. Laurent de son côté était retourné au bureau. Silencieux, nauséeux, souvent en larmes. Pour moi, il n'en était pas question : orthophoniste, je ne soignais que des enfants. Une amie d'Aline m'avait aidée à prévenir les parents dont l'enfant venait à mon cabinet (mon cabinet, c'était la salle à manger !) et, au centre Alfred-Binet, les amis s'étaient chargés de fournir à mes patients une explication d'attente. Un soir de ce début de semaine, je ne sais plus lequel, il a fallu quitter l'appartement de Françoise et Philippe, à la Nation. Mes beaux-parents étaient retournés à La Haye, nous pouvions emménager chez eux, dans une tour du front de Seine. Philippe et Françoise devaient récupérer leurs trois fils, toujours chez leur grand-mère de Palaiseau en attendant qu'on trouve une solution pour nous. Nous avons fait nos petits paquets. Ça commençait à sentir l'exil, le troupeau errant. La grand-mère de Laurent, Minnie, a quitté son pavillon à Mâcon, son jardin en plein printemps, pour venir veiller sur nous. Elle avait quatre-vingt-quatre ans, je crois. Je l'aimais. Elle avait honte de vivre encore. Nous sommes arrivés rue Emeriau, le dîner était prêt, des tonnes de courrier nous attendaient et quelques membres de la famille se serraient les coudes pour former un brave et frissonnant comité d'accueil. Laurent aurait préféré retourner chez nous.

Les lettres de condoléances. Si un de tes amis perd quelqu'un, écris-lui une lettre d'amour. Il en faut, des lettres, pour que la journée, la soirée passent quand même. On ouvre, on lit, on cherche dans les lignes le mot juste, on le trouve toujours. Si lointain que soit l'auteur de la lettre, il est là, vigilant, il t'aide à regarder ta vie, il te dit qu'il sait, qu'il pense, qu'il garde, qu'il garantit. Les lettres cimentent les briques que posent les survivants. Écris, écris, écris. Ne rate pas une occasion de le faire. Si tu as le choix entre écrire et ne pas écrire, choisis toujours d'écrire. Aucune lettre n'est déplacée. Nous en avons reçu de gens qui avaient entendu parler de nous par des amis communs, des gens que nous n'avions jamais vus. Tout est utile. Nous sommes, chacun d'entre nous, utiles à tous. J'ai gardé tout ce courrier et bien sûr ne l'ai jamais relu. J'ai oublié les mots. Des efforts surhumains pour nous rejoindre dans la pauvreté du langage sont enfermés dans de grandes enveloppes à soufflets. Efforts fournis en vain ? Bien sûr que non. Tu m'aurais vue, guettant le courrier, ouvrant les enveloppes, lisant fébrilement, commentant, rangeant. Rêvant ensuite à ce qui m'avait été écrit. Y prêtant toute ma détresse. Les lettres pavaient le chemin entre mes filles et moi. J'étais un ogre à lettres. J'avais faim d'elles, chacune me rassasiait jusqu'à la suivante. On n'a pas idée du délire dans lequel vous plonge une torture pareille. Mathilde avait une petite amie, à côté de laquelle elle figure sur la photo de classe. Cette petite amie élevait un cochon d'Inde qui venait d'avoir des bébés. Mathilde voulait que nous en prenions un. Je n'étais pas contre, mais comme nous venions juste de perdre notre chien, je lui avais demandé d'attendre un peu, le temps d'absorber le chagrin de la perte de Triton (perte est le mot juste : il s'est enfui dans le quartier). Mathilde est donc morte avant la fin de ce deuil que je voulais qu'elle respecte. Par timidité sans doute, la mère de cette petite amie ne m'a jamais fait signe. Elle habite à trois maisons de chez nous, j'ai attendu mon tour plusieurs fois derrière ou devant elle chez l'épicier, elle ne m'a jamais saluée. Imagine-toi que pendant des mois, j'ai cru à son silence qu'elle se réjouissait de la mort de ma fille, mauvaise fréquentation pour la sienne. Il n'y a aucun doute : le silence se prête aux interprétations les plus noires. Il faut sortir du bois et dire : je suis là, je sais, j'ai vu, je témoigne, je réponds présent. Rester dans le bois, c'est dire tout aussi clairement : je ne suis pas là, je ne sais rien, je n'ai rien vu, je vous tourne le dos.

A propos de Triton, notre chien, cette anecdote : nous l'avions adopté Laurent et moi à Chicago où nous étions étudiants. Avant la naissance des filles, donc. C'était un beagle, un petit chien de meute imprévisible, fugueur et charmant. On ne comptait plus ses escapades ni les fois où il est revenu dans la nuit, tout crotté, aboyer à la porte pour qu'on lui donne sa pâtée. Nous allions aussi régulièrement le rechercher au commissariat de police. En général, il constituait sa meute de chiens du quartier, plutôt bien élevés, et les menait à travers la ville, on ne sait où. Et puis un soir il n'est vraiment pas rentré.

Nous avons visité les cages de la S.P.A., les fourrières, sans succès. Mathilde pleurait mais Élise, décidée à dominer la situation, m'avait dit : « Il faut jeter la laisse, maintenant, on n'en a plus besoin. » J'avais tout de même, chez les commerçants du quartier, placé des affichettes avec la photo de mon chien. L'une d'elles, chez le boulanger de la rue La Fontaine, montrait Mathilde en manteau bleu à capuche, tenant Triton. J'ai évité pendant des années de retourner dans cette boulangerie. Je ne voulais ni y revoir ma fille, ni constater qu'elle avait été décrochée de la vitrine. Et puis l'avis de recherche avait changé de héros, tu comprends.

13 mars 1992

Ces jours-là, nous avons repris le chemin de l'école pour rendre visite aux maîtresses des enfants. Celle d'Élise nous a raconté qu'à la récréation, souvent, elle préférait rester à l'intérieur avec Fabienne : toutes deux s'emparaient d'éponges et nettoyaient soigneusement les petites tables. La maîtresse de Mathilde aimait se souvenir de ce goûter d'enfants, quelques semaines plus tôt, où elle s'était rendue et où Mathilde l'avait invitée à danser. Je sais qu'une messe a été dite à la chapelle de l'école à la mémoire de ses deux élèves, mais nous n'habitions pas chez nous lorsque la mère supérieure est venue prévenir et le message ne nous a pas été transmis. Je pense qu'aucun enfant, dans la classe d'Élise, ne peut aujourd'hui se la rappeler. Ces enfants de « classe enfantine rose » ont aujourd'hui seize ans. Mais dans la classe de Mathilde, CE 1, certaines pourraient nous raconter quelque chose, une histoire, une image, une impression. Des années plus tard, j'ai rencontré dans le métro la maman d'Andréa, une petite fille chez qui Élise était allée jouer pour l'anniversaire de ses quatre ans. Elle m'a dit qu'elle avait des photos de cet après-midi-là. J'ai vu alors ma fille cadette comme je ne l'avais jamais vue, jouant à la queue leu leu avec d'autres petites filles, regardant l'objectif par-dessus l'épaule de celle qui la précédait. J'ai regardé comment je l'avais habillée ce jour-là. J'aimais bien la maman d'Andréa. C'était une étrangère, au doux visage d'Europe centrale. Elle me rappelait le milieu de l'Unesco, dans lequel avait aimé vivre mon père. Ça me faisait plaisir de penser qu'un mercredi après-midi, pendant que je travaillais, elle avait veillé sur les jeux de mon Élise. Je me doutais de son impuissant chagrin lorsque les photos avaient été développées alors que, déjà, une partie de ce petit monde était mort.

20 mars 1992

J'ai pris ce matin un rapide café avec un journaliste. Il est arrivé avec sa fille, qui avait mal dormi et passerait la journée au bureau de son père. Vêtue d'une robe printanière, sandales bleu marine et veste autrichienne, elle fouillait dans les poches de papa pour en vider le contenu, tortillait son chaton de peluche blanc et glissait, tout excitée, sur le pavé. De l'autre côté de la table, je regardais ce que j'avais perdu presque douze ans plus tôt et c'était quand même un moment heureux.

Dans le flot du courrier dont je te parlais est arrivée une carte annonçant : « Youpi, Raphaël est né ! » Une surprise, bien sûr, parmi ces lettres de condoléances. Nos amis N. nous annonçaient la naissance de leur second fils, sans savoir que nous n'avions plus d'enfant. Que faire ? Comment féliciter et informer dans le même souffle ? Comment annoncer pareille épouvante à des amis d'enfance dont la famille vient de s'agrandir ? J'ai décidé d'offrir d'abord un cadeau de naissance, de prévenir ou faire prévenir plus tard. Nathalie m'a emmenée chez Dominique, la seconde fille de mon parrain, qui avait créé, rue de la Tour, une boutique de vêtements pour tout-petits. Dominique avait perdu son fils de deux ans, noyé dans la piscine quelque temps auparavant. Nathalie était enceinte. Quelle époque.

Dans la boutique, je sentais Nathalie aux abois. Elle voulait que nous partions, regrettait de s'être laissé convaincre. « Viens, Vève, on s'en va », me disait-elle. Qu'est-ce que je faisais là, moi qui avais enterré mes filles la semaine précédente ? Les mains dans les fraîches cotonnades, regardant les étiquettes, comparant les tailles... J'ai fini par choisir, ai glissé un petit mot : « Je vous embrasse » dans le paquet et nous l'avons déposé chez les N., sur le palier ou à la loge, je ne me souviens plus. Quarante-huit heures plus tard, Nathalie les a appelés pour dire d'où, de qui venait vraiment ce cadeau. La dernière fois que j'avais croisé Catherine N., c'était dans une rue de notre quartier. Une rencontre fortuite à la sortie du cours de danse où je venais chercher Mathilde. Élise aussi était là. Catherine ne me rencontrerait plus à la sortie du cours de danse avec mes filles. J'ai toujours eu le sentiment de commettre une mauvaise action quand j'ai annoncé cette vérité, qui ne pouvait rencontrer qu'un écho effroyable.

Il fallait retourner dans l'appartement pour trier

les vêtements, les affaires des enfants. C'est ce que nous avons fait, Nathalie et moi.

Je repense à la petite fille de ce matin, au café avec son papa. Robe printanière, sandales bleu marine, veste autrichienne et chaton de peluche blanc. Une énumération qui en évoque directement une autre : perles à enfiler, crayons de couleur, disques, Pomme d'Api. Chemisettes et culottes Petit Bateau. Uniforme bleu marine. Affaires de gymnastique, pyjamas d'hiver, chemises de nuit d'été. Brosses à dents, dentifrice aux fruits. Patins à roulettes, Play-Doh, petite chaise de bambou, maison de poupée Fisher Price. Draps imprimés Mickey, lampe de chevet musicale *A la claire fontaine*.

Nathalie a apporté trois grandes cantines de métal. Elle m'a surveillée. Elle a dit stop. Elle m'a ramenée dans l'appartement des beaux-parents. Elle m'a dit à demain.

14 avril 1992

Je ne t'ai pas écrit depuis longtemps. Depuis la montagne ? Je ne sais plus. Si vraiment je ne t'ai pas écrit depuis lors, un mois s'est écoulé.

C'est très étrange, ce double rythme avec toi. Je t'écris, m'efforçant d'éclaircir une période de ma vie que j'ai tout fait pour comprendre, par laquelle j'ai tenté de me laisser pénétrer au lieu de m'en défendre et qui n'a cessé de me dépasser. On dit que la réalité dépasse la fiction ; là, c'est autre chose. La réalité reste inaccessible. Je sais que je rêve ma vie depuis toujours et que les rêves ont été ma vérité la plus crue. Mais depuis que les petites sont mortes, douze ans dans seize jours, j'ai honnêtement et constamment tenté de dévoiler cette vérité sans y parvenir. Peut-être te l'ai-je déjà écrit : tantôt je crois à leur vie (mes enfants chéries, mes petites filles chéries, voilà les mots si légers et si lourds qui me traversent alors), tantôt je crois à leur mort (sur le bord de l'autoroute, à quelques dizaines de mètres l'une de l'autre ; leurs jambes dans les salopettes, leurs bras, leur tête, sur le bord de l'autoroute). Il n'y a jamais de lien entre les deux.

L'autre rythme, c'est les rencontres dans la vie courante, comme si de rien n'était. Conversations, rires, amis communs. Un double rythme comme une double vie : on ne sait si elles luttent l'une contre l'autre ou s'enrichissent mutuellement.

J'avais de réels prétextes pour ne pas t'écrire. Changement de poste (provisoire) après treize mois d'attente et élection au Conseil régional. Mais surtout j'étais occupée à vivre ma vie d'aujourd'hui. Me reposer.

T'ai-je déjà parlé de Yasser Arafat ? Voilà ce qui me fait penser à lui. Quand Élise est née, je me suis trouvée aux prises avec un bébé énorme et crevant de faim. Les quelques dizaines de grammes de lait que je pouvais fournir en ces premières vingt-quatre heures de sa vie, à l'hôpital, ne lui suffisaient certes pas et elle criait sans cesse. Comme Mathilde pleurait au téléphone, perdue sans moi, je me suis vite impatientée. Il m'est arrivé de saisir brutalement le berceau d'Élise, monté sur roulettes, et de le pousser avec rage loin de mon lit, au point qu'il allait heurter le mur de la chambre. Une seconde de silence et les cris repartaient. Le troisième jour, maman est venue me voir : elle avait pu confier Mathilde à Aline pour quelques heures, le temps de venir découvrir sa seconde petite-fille. Elle était accompagnée de Samy, avec qui elle vivait plus ou moins depuis la mort de papa. Assis au pied de mon lit, ils bavardaient ; nous étions gais. Élise, qui venait de téter, était lovée dans mon giron, appuyée à mes jambes remontées sous les draps. Nous nous parlions entre adultes mais je regardais ma fille qui me regardait aussi. Je me suis penchée vers elle, attirée par son regard, pour frotter mon nez contre le sien. Elle a dit « heu, heu ». J'ai alors dévisagé maman, pour m'assurer que je n'avais pas rêvé. Maman en avait le souffle coupé. J'ai recommencé le même geste et Élise m'a répondu une fois encore. Troisième essai, troisième échange. C'en était fait, elle était mon enfant, mon trésor, ma stupéfaction. Le lendemain, je signais au médecin contrarié une décharge afin de la ramener chez moi malgré des radios pulmonaires douteuses. Moi, je ne doutais pas. Je n'ai plus jamais douté d'elle ni de moi.

Pour des raisons d'emploi du temps, c'est maman qui est venue avec Mathilde me chercher à l'hôpital. Je suis descendue par un des grands escaliers. Au bout du couloir du rez-de-chaussée, j'ai aperçu Mathilde dans son petit manteau de loden vert qui regardait en silence, immobile, le nez pointé vers un autre escalier. Maman m'a montrée du doigt et Mathilde s'est mise doucement en marche vers moi. J'ai tendu Élise à maman afin de hisser Mathilde à sa place dans mes bras. Je sens encore au gramme près la pression de ses jambes autour de ma taille. Elle n'a rien dit mais en silence, comme aveugle, a doucement et longuement tâté mon visage de ses mains. Pendant cette reconnaissance, ces retrouvailles si tendres et précautionneuses, maman faisait des sourires à Élise, lui disait des mots d'amour. Toute brune, la peau mate et les yeux immenses ourlés de khôl noir, Élise portait pour affronter l'octobre de sa naissance un chapeau de laine un peu grand qui basculait de travers sur son oreille. « On dirait la fille de Yasser Arafat », a ri maman.

L'autre jour, la radio a annoncé la disparition de l'avion de Yasser Arafat dans la tempête de sables du désert lybien. Quelques heures plus tard, bien que son entourage fût mort ou blessé, on le retrouvait, lui, vivant et rigolard.

Chaque fois qu'un événement tragique le touche et l'épargne, assassinat d'un conseiller, tentative de je ne sais quoi ou accident d'avion, je sens cette étreinte. Quand je pense à la vie qu'il mène et à la vie que menait Élise, quand je pense à l'espérance de vie qu'ils avaient l'un et l'autre, ce jour d'octobre où maman me taquinait sur ma fille, et qu'elle est morte, et qu'il est là !

30 avril 1992

Voilà, ça fait douze ans. Dimanche, nous sommes allés sur la tombe. Le trajet de Compiègne est aussi leur dernier trajet, elles ne sont jamais, mortes ou vivantes, sorties de Picardie depuis l'après-midi du couronnement de Beatrix. Au cimetière, nous avons déposé les rosiers, nettoyé sommairement la collection de coquillages rassemblée pour elles par les enfants de la famille. Sur la tombe, tu verrais des angelots ; ils ne les représentent pas, ne veillent pas sur elles, mais signalent aux passants que cette tombe est une tombe d'enfants. Près de leurs noms gravés sur la pierre, tu verrais aussi une petite tête d'ange joufflu, aux ailes déployées. Nous avons fait graver les noms séparément : « Mathilde, Marie Jurgensen, 20 octobre 1972, 30 avril 1980 — Élise, Sarah Jurgensen, 8 octobre 1975, 30 avril 1980. » Un ange près de Mathilde, un ange près d'Élise. A chaque passage, le dernier venu remplace le petit rameau fixé derrière l'aile de chaque ange, un petit rameau pris dans l'un des arbres plantés aux angles de la tombe. Deux arbres d'essence différente, ce qui choque certains, mais nos filles aussi étaient d'essence différente. Deux personnes distinctes, dans deux cercueils distincts sont enterrées là. Donc, l'un des arbres grandit bien, l'autre reste petit, ma foi, c'est comme ça. Nous aimons bien aller sur la tombe, ranger, jardiner, nettoyer, comme autrefois le soir dans leur chambre, avant le dernier baiser, avant de parler longuement avec elles dans le noir, on pliait leurs affaires, rassemblait les souliers, fermait les tiroirs et les portes d'armoires. Laurent souvent faisait semblant de beurrer comme des tartines leurs pieds dodus et de les croquer.

Mais en même temps, sur la tombe, je me sens paumée. Autant, juste après leur mort, j'étais impatiente de les rejoindre, j'aurais voulu ouvrir cette tombe comme on ouvre un lit, m'y glisser comme entre des draps et les retrouver, fermer les yeux, rendre à mes filles de sept et quatre ans leur mère de trente-trois ans, autant aujourd'hui cela ne me dit plus rien d'aller pour toujours à Compiègne, dans ce cimetière entouré de H.L.M., retrouver des filles qui ne me reconnaîtraient pas si elles me voyaient, des filles qui devraient aujourd'hui passer le bac, pour la petite, et se marier, pour l'aînée.

Gauthier aime creuser autour de la tombe, soi-disant pour aider à enterrer un peu les pots afin que le vent ne les renverse pas. En fait, je pense, dans l'espoir de voir ses sœurs. Il disait ce dimanche-là : « Vous avez de la chance, vous savez tout de mes sœurs et moi je ne sais rien. » Oui, c'est bien cela. Nous savons tout, nous ne saurons jamais rien de plus. Et lui ne saura jamais rien du tout.

En quittant le cimetière, nous nous sommes dirigés vers la forêt. La forêt de Compiègne m'ennuie, d'ailleurs, je m'y suis toujours sentie enfermée dehors, *locked out*. Laurent y a trop de souvenirs auxquels je ne suis pas associée.

Le téléphone sonne, les enfants se réveillent, il faut que je prépare le petit déjeuner, et les efforts que je fournis pour te rejoindre et rejoindre Mathilde et Élise sont contrecarrés par la nouvelle vie.

J'essaie de t'expliquer qu'il y a douze ans et une semaine, nous revenions de Compiègne avec les filles, que Laurent évoquait les coins à jonquilles de son enfance, et que les petites chantaient à l'arrière de la voiture. Je pense d'ailleurs que c'est ce soir-là que j'ai demandé sèchement à Mathilde de se taire car elle chantait faux et, me retournant vers elle, j'ai vu son regard se perdre et je me suis sentie coupable.

Nous allions faire la route en sens inverse six jours plus tard, sans nos filles, qu'il s'agissait de retrouver sur le parvis de Saint-Jacques et d'enterrer.

Bon, maintenant je m'arrête. Je fais ce que j'ai à

faire pour les vivants et après je te retrouve parce que j'ai plein de choses à te dire.

Donc, dimanche. Me revoilà à dimanche dernier. Nous quittons le cimetière, rangeons le matériel de jardinage dans la voiture et nous dirigeons vers la forêt pour faire faire du vélo à Gauthier. Nous nous garons, déchargeons le vélo. Personne dans l'allée, sauf un couple avec un bébé, qui déambule, pensif. Gauthier enfourche son vélo. Je glisse mon sac sous le siège, afin qu'il ne me gêne pas pour courir derrière mon fils. Nous bavardons Laurent et moi, je ne sais plus de quoi nous parlons. Je constate qu'à huit ans Gauthier en est toujours à freiner avec ses pieds et je pense au fils d'amis, qui a le même âge. Je me dis : « Certainement, lui sait déjà freiner avec ses freins à mains. » Nous parcourons l'allée en sens inverse, finalement je ne cours pas, l'ambiance est à la flânerie, mais après le cimetière je n'aurais pas voulu flâner, j'aurais voulu courir pour ne pas réfléchir. Gauthier sur son vélo retourne avant nous à la voiture. A-t-il vraiment ouvert la porte, que j'avais pourtant fermée avec les clefs de Laurent ? Oui, il l'a ouverte. Oui, elle a été forcée. Oui, mon sac a été volé.

« Ils » ont : mes clefs, avec mes papiers d'identité indiquant notre adresse ; mes chéquiers, avec exemple de signature sur les papiers d'identité ; mes cartes de crédit, ma carte orange, carte du stade, carte professionnelle ; ma carte de cantine ;

tout mon agenda, avec des rendez-vous en pagaille jusqu'en septembre ; mon répertoire, huit ans d'adresses recueillies, précieuses, des années de rencontres ; des ordonnances médicales, les photos préférées des êtres préférés, dont une de moi enlacée avec Mathilde, lui apprenant à lire, en jean, au fond d'un fauteuil club. Ils ont la carte d'identité de Gauthier, les papiers de la voiture, 800 francs en liquide, ma brosse à dents, mes stylos et crayons, mon peigne, ma carte téléphonique, mes lunettes de myope, ils ont mes affaires, quoi. Un coup de tournevis dans la serrure et *ciao*.

Gauthier veut une glace. Comme ses sœurs autrefois, il aime acheter des glaces en forêt, auprès des marchands ambulants. Je me persuade que rien n'est grave, les sœurs sont mortes, on ne va pas faire une histoire avec une petite contrariété. Direction : le commissariat. Pendant que je m'explique, Laurent appelle les numéros d'urgence pour l'opposition aux chèques et aux cartes de crédit. Le policier me demande le numéro de ma voiture. Je réponds sans hésiter : « 729 BCD 75. » Je n'hésite pas, mais je me sens bizarre. Il perçoit ce malaise, insiste : « Vous êtes sûre ? » Oui, quoi ! Je connais le numéro de ma voiture ! Il a un doute. Il se lève, tape sur un écran, appelle cette voiture. Elle ne lui répond pas, ou répond qu'elle ne m'appartient pas, je ne sais pas ce qu'elle lui dit, en tout cas voilà Laurent qui revient et je me lève pour jeter un coup d'œil à notre voiture garée devant le commissariat. Une solide Volvo achetée à la naissance d'Elvire, onze ans plus tôt, dans laquelle peut-être ce bébé-là survivrait. Je regarde sa plaque : 228 DPH 75.

J'ai donné à la police le numéro de la précédente, la 304, la voiture des filles. Nous avions cassé le joint de culasse quelques jours avant leur départ pour la Hollande. Si bien que, quand Aline et Christian nous ont demandé de la leur prêter pour y emmener tout le monde, avec son bloc-moteur neuf, la 304 était en rodage et les aurait vraiment trop ralentis sur la route. D'où leur R5, d'où la mort. Un des rouages de la mort. Et moi, dans ce commissariat, je ne veux rien de tout cela. Ni des joints de culasse qui lâchent, ni des enfants qui meurent, ni de sac volé, ni de la vie qui fout le camp par tous les bouts, plus tu essaies de remonter la pente, plus on te cogne sur la tête pour t'obliger à descendre, plus bas, encore plus bas. 729 BCD 75. La vérité est là. On reprend tout là.

Nous rentrons à Paris. Il faut appeler le serrurier, tout changer en vitesse. Signer des chèques dans ces moments-là est une délectation : c'est si bon, les problèmes qui se résolvent par l'argent ! Le lendemain matin, après une nuit de cauchemar (Elvire est en Normandie chez une amie, comme dans la réalité. Comme dans la réalité, je ne peux la joindre, ai seulement noté adresse et numéro de téléphone sur mon agenda, qui a été volé. Dans le rêve, elle me parle de Normandie, je la vois, je ne peux lui répondre, mais son teint me paraît pâle et son image s'efface malgré mes efforts, elle me dit qu'elle est morte et je cherche à l'appeler tandis que des jonquilles sont enfoncées dans ma bouche, les racines dans ma gorge, je l'appelle mais les sons ne sortent pas, je me réveille râlante et cherche à me rassurer. Elvire, Gauthier, Mathilde, Élise, la moitié de mes enfants, quelle moitié de mes enfants, il est l'heure de se lever, je me rendors dans la peur). Je file au journal à huit heures. Je n'y suis pas arrivée depuis cinq minutes qu'un incident éclate à propos d'un article que j'ai signé la semaine dernière, concernant l'installation d'Arte sur la 5e chaîne. Arte ? Il faut s'émouvoir d'Arte ? Je sens ma bouche ouverte et n'arrive pas à la fermer. Je me planque derrière mon ordinateur, tape trois brèves et descends dans mon autre bureau. Philippe, le directeur artistique avec lequel je travaille d'habitude, est-il là ? Non. Pas si tôt. Le téléphone sonne, c'est un collègue. Et moi je pleure. La vie n'est pas bonne. Je me répands. Non, non, la vie n'est pas bonne. Je le sens qui patauge. Mais la vie n'est pas bonne ! Pas bonne ! Il me demande ce que je fais pour déjeuner, rien, je ne fais rien puisque j'ai perdu mon agenda. Je n'ai plus de rendez-vous jusqu'à la fin de mes jours.

J'ai déjeuné avec lui. Le pouvoir de celui qui

vous rattrape au vol. La hardiesse aussi. Celui qui ne faisait qu'appeler pour dire bonjour mais qui vous prend telle que vous êtes et se sent capable de vous poser sur le sol en douceur.

9 mai 1992

J'ai du travail à rendre, beaucoup, mais rien ne se fera tant que je ne t'aurai pas écrit. Au début c'était le contraire : tout passait avant ces lettres. Je me disais : « Pourquoi souffrir ? Quel est ce rendez-vous artificiel avec des enfants si perdus ? » J'avais toujours quelque chose de plus heureux à faire. Maintenant, je me lève, portée par ce que je veux t'écrire.

J'aurais dû aller voir, dans la pièce de l'hôpital où on avait mis mes filles. Je l'ai su dès qu'on me l'a proposé. J'ai su qu'en refusant je me préparais un avenir plein de failles car je ne me montrais pas digne de… je ne sais pas quoi. Pas digne, c'est tout. Assise sur ma chaise dans le bureau, mon imperméable sur le dos, j'étais physiquement incapable de me lever, de passer la porte, de me laisser guider dans les couloirs, d'entrer dans la pièce qui me serait désignée et de m'approcher de deux gisantes de sept ans et demi et quatre ans et demi auxquelles j'avais le jour même noué les capuchons sous le menton pour faire une farce à leur grand-mère.

Aujourd'hui encore, alors que j'ai vécu près de trois fois plus longtemps sans elle qu'avec elle, je voudrais ouvrir le tiroir dans lequel je rangeais les sous-vêtements d'Élise, saisir une chemisette et la lui passer. La chemisette sentirait le frais et le coton crisserait un peu sous les doigts car je n'aurais pas utilisé d'adoucissant textile. J'essaierais en hâte d'enfiler sa chemise à Élise, je connais ce petit frisson de sa peau quand je viens de lui retirer sa chemise de nuit. Sa tête, très grosse, a du mal à passer par l'encolure. Ce petit moment où le vêtement accroche, où il faut un peu forcer, est une répétition quotidienne de sa naissance. Le 8 octobre 1975, déjà, pour que la tête passe, il avait fallu que je le veuille absolument. Ensuite, aveuglée par le vêtement, Élise cherche les emmanchures. Je la guide un peu. Un bras, l'autre, ça y est. Les bretelles s'accrochent à ses épaules rondes, brunes, amples. Je fais glisser le tissu blanc éclatant sur son dos, son grand dos très droit, et son petit ventre. J'en profite pour passer mes mains à plat, une dernière fois, sous la chemise, sur sa peau. Mon petit enfant si beau, je vais te mettre ta robe ou ta salopette ! Elle va se détacher de moi. Mais dans l'instant, c'est ma brune benjamine, sur mes genoux, elle sent l'enfant et le linge frais, elle m'intimide, il y a dans sa majesté de fillette grave et muette quelque chose qui me dépasse. Douze ans après, je n'ai pas fini de retirer à Élise ses vêtements de nuit et lui passer avant qu'elle n'ait froid un premier vêtement de jour.

Donc, je ne suis pas allée les voir mortes. Elles étaient là et maman n'est pas venue. Entre nous il n'y avait qu'une ou deux cloisons. Elles sont restées seules. Maman n'a pas franchi leur porte. Je ne sais rien de leur dernier visage. Elles ont eu la force de mourir et je n'ai pas été à leur hauteur. De leur dernier exploit, je ne sais rien. Là où elles sont allées, elles sont allées seules. L'une avec l'autre ou l'une sans l'autre, j'aurais tendance à croire l'une sans l'autre, ignorantes de leur héroïsme, elles sont allées là où la violence de leur chute, à plus de cent à l'heure sur les rails de sécurité, les a conduites. Je suis restée comme un tas sur ma chaise. Et on n'a cessé depuis de saluer en moi le courage d'une mère !

A tel point que beaucoup, dont toi, ont hésité à nous raconter les difficultés, parfois les malheurs auxquels ils faisaient face. Ils ne leur semblaient pas présentables, en comparaison ! Nous trônions, Laurent et moi, sur le piédestal où nous avait hissés l'anéantissement de nos deux fillettes. Mais la vraie vie, faite comme la météo de cieux changeants, nous savions toujours ce que c'était et nous avions besoin qu'on nous la raconte, car l'air était rare pour nos statues. La seule pose contre laquelle je m'arc-boute, c'est le chantage au suicide. Tenir son entourage en haleine parce qu'on prétend mourir ! Attention, je vais me tuer ! Ah, ces vivants tapageurs, avec leurs états d'âme, et le conjoint qui court partout pour les retenir... La basse-cour qui caquette, le coq avec sa crête en bataille, les poules qui tournicotent en gonflant leurs plumes, je vais me tuer, attention, attention ! Non, non, ce n'est pas comme ça qu'on fait. Je vais leur raconter, à ces agités, comment Mathilde et Élise ont fait pour mourir, si j'en suis capable, car elles ont tout fait toutes seules, et quand les adultes se sont réveillés, ont commencé à admettre qu'elles n'étaient plus dans la voiture, sous les sièges où ils avaient regardé, après avoir constaté que la banquette arrière était vide, quand ils se sont résignés à descendre pour les chercher, où qu'elles soient il fallait bien les trouver, quand ce fut fait, qu'elles furent repérées, à des dizaines de mètres de la voiture et à des dizaines de mètres l'une de l'autre, elles étaient en fait déjà parties, sans un mot, là où le regard de l'homme ne porte pas.

Tout cela me ramène à cet instant de déchéance sur ma chaise où, tandis que deux enfants, les miens, deux très jeunes enfants, avaient su mourir et attendaient de m'être présentées une dernière fois dans leur vérité, je n'avais même pas parcouru les quelques mètres de couloir qui me séparaient d'elles. Elles avaient su mourir, je ne savais plus marcher.

J'ai vécu peu glorieusement. J'aime les vivants, dans leurs miasmes. J'aime les morts, dans leur témérité. Entre les deux, il n'y a rien.

13 mai 1992

Il faut reprendre la chronologie de ce récit. L'effort est grand, non que tout soit si loin, mais retourner en arrière ne m'est pas naturel. On m'a parlé hier de voitures qui n'auraient pas de marche arrière : je dois être construite un peu comme elles. Ce mois de mai n'est que fêtes, ponts et départs, le contraire de ce qu'il me faut pour t'écrire. Tu es d'ailleurs toi-même en Angleterre, je me le rappelle soudain. Toi aussi, je voudrais que tu restes chez toi, que tu ne bouges pas ! Comment fixer ses pensées dans ce va-et-vient ?

Il y a douze ans, Nathalie venait me chercher en voiture et je montais avec elle dans l'appartement trier les affaires des enfants. Elle m'indiquait le moment où il fallait s'arrêter. Un matin elle n'a pas pu venir et m'a recommandé de ne pas me rendre seule chez moi. J'y suis allée quand même. Il faisait beau, la fenêtre des enfants béait sur la cour au quatrième étage. Je ne suis pas entrée dans leur chambre, à laquelle j'ai seulement jeté un coup d'œil. Je portais une robe blanche que maman venait de m'acheter, dans laquelle j'avais bonne mine. Je me suis dirigée vers la salle à manger, où nous avions notre chaîne et les disques. Je savais ce que j'allais faire, rien ne me retenait, il fallait que je le fasse, je m'occuperais de la suite quand j'y serais.

Élise nous avait emmenés quatre fois au cours des semaines précédentes voir *Le Livre de la Jungle*, dans un cinéma aujourd'hui disparu, près de la porte de Saint-Cloud. La première fois, nous y avions été toutes les trois, Élise, Mathilde et moi. La fin du film avait plongé Élise dans le tourment. Y as-tu emmené Pierre ? Mowgli, poussé par Baloo et Bagheera, retourne chez les hommes. Il traverse, hésitant, la rivière, se reprend, regarde en arrière. C'est un arrachement terrible. Ses « parents » l'encouragent. Mowgli aperçoit bientôt une petite fille toute brune, à demi nue, qui va remplir sa cruche à la rivière. Elle chante. Les paroles ? Je me rappelle : « Je vais chercher de l'eau pour ma maison. » Ce sont ces deux mots : « Ma maison », chantés par une petite fille, que je veux réentendre. Nous avions acheté le disque, Élise l'écoutait encore et encore. Je sais où il est, du bout de l'ongle je le dégage des autres, je sors le vinyle de sa pochette, l'installe sur le plateau, pose le bras du tourne-disque directement sur les bons sillons. Elle chante, elle va chercher de l'eau pour sa maison. Je suis accroupie sur la moquette. De l'autre côté du couloir, la chambre lumineuse, et au fond de la chambre, la fenêtre, le soleil. Le plancher soudain bascule. Je glisse, comme sur un tapis roulant. Me voici à quatre pattes dans le couloir, les ongles plantés dans la moquette, arc-boutée pour arrêter ma chute. Je vais bientôt franchir la porte de la chambre. La pente est de plus en plus abrupte, j'ai le vertige, je sens la pesanteur, l'aspiration, je sais que je vais passer par la fenêtre. Je suis emportée. Le fil du téléphone traîne par terre, je l'agrippe entre le majeur et l'annulaire de ma main gauche, l'enroule autour de mon poignet, et c'est ce bruit de plastique lourd et d'appareil qui se déglingue dans sa chute : le téléphone, l'écouteur, le récepteur, tout est répandu, mais ça marche, j'entends la tonalité. Je compose le numéro de maman. Réponds, maman, réponds. Elle est là. Elle me dit : « Viens tout de suite. » Elle habite en haut de la même rue que moi. J'y suis allée tout de suite. Mais quand j'ai sonné à sa porte, elle m'a ouvert, défaite, hagarde et m'a enlacée : « Où étais-tu ? Je t'attends depuis plus d'une heure. »

14 mai 1992

Si j'étais morte ce jour-là, tous auraient cru comprendre. Une mort si naturelle ! Mais ç'aurait été une mort accidentelle. En mettant le disque d'Élise, je voulais retrouver le goût de sa vie. C'est lui qui m'a donné le vertige. Depuis, je suis prudente. Je n'ai jamais regardé les films sur lesquels figurent mes deux filles, ni écouté leurs voix sur les cassettes de répondeur que maman a gardées. Les messages à « Maminette » sont chez elle, accessibles, et je n'en fais rien.

Combien de catastrophes depuis que j'ai commencé cette correspondance avec toi ? Les stades de foot s'écroulent, les jeunes motards s'entretuent aux Vingt-Quatre Heures du Mans, et moi je suis là, avec les enfants et toi, et je tire sur mon filet, plongé dans l'eau si profonde. La semaine dernière j'ai longuement tourné autour d'une voiture identique à celle où mes filles se sont endormies, de laquelle elles ont été éjectées, dans laquelle, quittant leurs parents pour rejoindre leurs grands-parents, elles sont sorties de Paris pour n'y jamais revenir. J'étais là, regardant la banquette arrière, les ceintures de sécurité que nous n'avions pas attachées, la vitre droite par laquelle toutes deux seraient passées. Les lettres de la plaque d'immatriculation le confirmaient : cette R5 était du même millésime que celle de ma belle-sœur. Elles roulent encore, ces voitures-là. Quand on n'en verra plus, je ne pourrai plus les interroger. Il faudrait qu'on m'en garde une quelque part.

Quand ma belle-sœur, après le choc, a pu immobiliser sa voiture, elle et son mari, soulagés, se sont retournés pour sourire aux enfants. Mais il n'y avait plus que leur bébé, ahuri dans son petit siège, quelques débris de verre répandus sur lui. T'ai-je déjà raconté cela ? Je me le raconte à moi-même si souvent. Près de la R5, l'autre jour j'avais envie de m'allonger sur la banquette arrière et attendre la fin des temps. Retour à la case départ, en somme.

23 juin 1992

Le silence ne se rompt pas facilement. Par moments, je ne comprends plus pourquoi je t'ennuie avec le destin de mes filles. Elles sont passées l'une sept, l'autre quatre ans sur terre. Quelle différence avec ceux qui y sont passés soixante-dix ou quarante ans ? J'ai honte de tout. Honte de ces lettres, honte de n'avoir pas sauvé la vie de mes filles, honte de ce qui a suivi, honte du monde dont je me contente désormais. Aujourd'hui, par exemple, est sorti le numéro 1 d'un nouveau magazine, *Interview*. Je m'accommode d'un monde qui investit dans n'importe quoi du moment que, selon la formule consacrée, « ça peut cracher du fric ». Le regard cupide, la bouche effrayante et les seins de la jeune femme qui occupe la couverture ne me gêneraient pas si l'équilibre entre le beau et le laid était mieux respecté ! La mort des petites a trop allégé, sur la balance, le plateau du beau.

Je voudrais bâcler le récit de ces mois, ces années, quatre ans je pense, qui ont suivi l'accident. On a fait ce qu'on a pu. Mais qu'a-t-on pu faire ? N'est-ce pas précisément ce que tu voulais savoir ?

De certains épisodes, je garde un souvenir factuel, sans comprendre comment ils ont eu lieu. Dix jours « après », par exemple, j'ai appelé ma gynécologue pour arrêter la contraception. Nous avions dit, Laurent et moi : « Les filles auraient eu au moins deux enfants chacune. Nous devons en mettre quatre au monde. » J'avais trente-trois ans, c'était possible.

Parce que nous avions des amis communs, j'étais persuadée que ma gynécologue savait que mes enfants étaient morts. Je l'ai donc appelée. Mais elle ne savait rien et dans la même phrase je lui ai appris la fin des aînés et les projets pour les suivants. Au bout du fil, je l'entendais chercher son souffle. « Venez tout de suite », a-t-elle fini par lâcher et, froide, je lui ai répondu que je ne téléphonais pas pour autre chose qu'une consultation la semaine suivante, quand son agenda le lui permettrait.

Je ne saurais te dire quand nous avons fait l'amour pour la première fois. Je ne me le rappelle pas. Sans doute n'avons-nous jamais cessé.

Je dis toujours « Mathilde et Élise ». De leur vivant, le plus souvent, nous disions « Mathilde », ou « Élise ». Pendant trois ans, nous n'avions d'ailleurs dit que « Mathilde ». Leur mort commune en a fait des sœurs siamoises. Plus jamais personne ne croira qu'elles étaient deux personnes distinctes, aussi distinctes que ma sœur et moi.

Donc, nous voulions d'autres enfants, dont nous serions un peu les grands-parents, puisqu'ils seraient les enfants que Mathilde et Élise ne mettraient pas au monde elles-mêmes. De son côté, maman, quand elle apercevait une photo de ma sœur et moi petites, croyait nous avoir perdues. Les générations étaient sens dessus dessous.

Parmi les moments immondes de cette époque figurent aussi mes visites dans les boutiques de vêtements juniors. Je sortais les robes, les T-shirts, les jeans des rayons. Je regardais les étiquettes, les prix, les tailles. Je causais avec la vendeuse. Puis je lui disais : « Il faudra que je revienne avec mes filles, je ne peux guère acheter sans elles. » Et je me retrouvais sur le trottoir, ivre morte.

Ceux qui nous aimaient dépensaient des trésors de compétence pour faire passer les heures. Maman par exemple avait pris des places pour nous emmener voir *Port-Royal*, de Montherlant, à la Comédie-Française. Si faible, si peu organisatrice, elle avait même pris sa voiture pour nous conduire. Dans son état, aller dans ce quartier aux heures d'affluence, s'y garer, avec sa fille et son gendre tenant à peine debout, quel exploit ! Nous arrivons sur la place dans le doux soir de juin. Maman repère, après plusieurs tours, un espace libre, amorce précautionneusement sa manœuvre, mais comme, clignotant mis, elle tourne son lourd volant, une voiture plus leste se glisse devant le parcmètre. Je descends, rapide, et me penche à la fenêtre du conducteur, pour lui expliquer que ma mère allait s'introduire là où il s'est mis. Souriant, l'homme en costume-cravate coupe alors son moteur et me balance doucement son trousseau de clefs sous le nez tandis que sa femme, endimanchée, les lèvres rouges, me souhaite : « Bonne soirée, ma petite dame ! »

Pendant toute la pièce, mes genoux ont tremblé. Je n'ai rien entendu du texte. Aujourd'hui encore je garde à ce petit couple toute la haine que je n'éprouve pas pour le garçon qui a tué mes enfants.

22 juillet 1992

Hier j'ai emmené mes enfants nager dans les rivières des Cévennes. C'était parfait. Les reliefs, les arbres, les fleurs au bord de l'eau fraîche, le courant, les cailloux, les poissons et même la route, surtout celle du retour, après une si bonne journée, dans la vieille voiture que nous laissons ici : une Peugeot achetée par maman l'année de la naissance de Mathilde. Maman nous l'avait donnée après l'accident, afin de laisser un véhicule à Uzès et que nous n'y descendions plus que par le train. J'emmène donc encore mes enfants d'aujourd'hui dans une voiture où ont beaucoup circulé mes enfants d'hier, avec leur grand-mère. Les traits d'union entre les aînés et les cadets se raréfient, la Peugeot en fait partie, comme la femme de ménage qui vient le samedi chez nous à Paris travailler deux heures, avec laquelle je n'évoque jamais aucun souvenir, mais qui était déjà là du temps de Mathilde et d'Élise. Sa présence est un élément de cohérence qui manquera quand elle prendra sa retraite, ce qui ne saurait tarder.

Affamés au retour des Cévennes, nous sommes allés nous bourrer de pizzas dans une pizzeria d'Uzès, autrefois boucherie où j'allais faire hacher les biftecks des bébés successifs. L'ouverture de supermarchés plus près du mas m'en avait éloignée il y a quelques années, six ou sept, et je n'y étais pas revenue depuis, sauf pour acheter, rarement, un plat à réchauffer chez moi et bavarder avec la bouchère devenue restauratrice.

Dans le bonheur de cette soirée, je ne pensais pas à grand-chose d'autre, à table, dans la rue piétonnière, qu'apaiser ma faim avec les petits et leurs amis, et les regarder, si mignons, si roses, après les jeux dans l'eau vive. La patronne est venue bavarder avec moi et comme les enfants s'agitaient et commençaient à mal se tenir, je les ai envoyés m'attendre un peu plus loin. « Quand je vois ces deux-là..., m'a-t-elle dit. Ils se ressemblent tellement, tellement tous les quatre ». Ces trois mots, « tous les quatre », furent l'aboutissement de la journée.

Je voudrais tant t'écrire plus souvent. Tantôt je n'en ai pas le courage, tantôt je ne me sens pas l'envergure qu'exigeraient ce malheur et la richesse de la vie malgré lui. En ce moment où on célèbre le cinquantième anniversaire de la rafle du Vel' d'Hiv', je suis frappée et gênée par le ton terre à terre des articles publiés. Il y a un horizon, inexplorable peut-être, au-delà des responsabilités directes. Inexplorable ? Souviens-toi du livre d'Annette Muller, *La Petite Fille du Vel' d'Hiv'*[1]. Elle est allée y voir, quarante ans plus tard. La mort de mes filles ne se réduit pas non plus à un problème de prévention routière. Je vais te dire : la voiture de ma belle-sœur a été heurtée sur l'autoroute par la Toyota, grosse, puissante et rapide, d'un jeune homme. Quand ma belle-sœur a pu reprendre la maîtrise de sa R5 et s'arrêter sur le bas-côté, tout heureuse de s'être si bien tirée d'affaire, elle et son mari se sont retournés pour sourire aux enfants et les rassurer. Leurs nièces n'étaient plus sur la banquette. C'est ce moment où les adultes, soulagés et souriants, se retournent vers les petites dont ils ont la charge et découvrent qu'elles ont disparu de la voiture, c'est ce moment-là qu'il faut scruter car on n'y comprend rien, tout le reste n'est que fortuit.

Hier, pendant que les enfants cherchaient leur équilibre sur les galets glissants, dans l'eau jusqu'à la taille, luttant contre le courant, se voyant déjà emportés vers la petite chute d'eau qu'ils appelaient le Niagara, la peau hérissée par le froid mais cherchant quand même à se placer dans le sillage de la source qui jaillissait d'un des buissons, glacée, pour sentir le contraste avec la surface du Gardon tiédie par le soleil, je serais bien retournée sur la rive chercher l'appareil de photo dans mon panier. Mais rien de ce que je vivais là ne se photo-

1. Éditions Denoël.

graphiait. J'éprouve la même vanité à te raconter la mort des petites (des grandes) qu'à photographier la vie des petits (plus grands désormais que leurs aînées). En même temps, cela m'ennuie de mourir sans avoir cherché à t'expliquer ce qui s'est passé avant que tu ne me connaisses. D'ailleurs, hier, les photos, je les ai prises quand même. Mais à part moi, qui, en les regardant, entendra les cris de joie ? Qui sentira le chaud-froid sur les petits ventres frissonnants ? Et les cailloux incertains sous les pieds ? Et la peur d'être emporté dans la cascade, dont je m'étais bien gardée de dire aux enfants l'absence totale de danger ? Comme on ne sait pas ce qu'on vit, on ne sait pas ce qu'on perd. Une réflexion intéressante d'Anne Parillaud dans *Paris-Match* cette semaine : « Je ne fais pas ce que je veux, je fais ce que je suis », dit-elle, ajoutant plus loin qu'elle ne sait pas qui elle est.

J'essaie de te faire admettre que Mathilde et Élise ont été aussi vivantes à Auteuil avant-hier que leur sœur et leur frère dans le Gardon hier. Il n'y a aucune différence entre eux quatre, si ce n'est, justement, que les unes sont mortes et les autres vivants. Tout est là. Un tout inexplicable mais qui se traduit par certains faits désespérants pour moi, comme l'impossibilité d'obtenir une carte de famille nombreuse de la S.N.C.F. Je n'ai jamais eu quatre enfants. Pourtant, à la pizzeria, hier, spontanément, la patronne en a vu quatre.

27 juillet 1992

Quand nous nous voyons, la vraie vie d'aujourd'hui m'aide à supporter ces retours vers ce qui ne fut pas une vraie vie hier. En apprenant ce matin au téléphone que, contrairement à ce que j'avais compris, tu repartais en vacances pour la semaine, j'ai immédiatement renoncé à t'écrire la lettre que je t'écris, là, finalement. J'ai constamment besoin de présence. Certains mettent un point d'honneur à ne rien devoir à personne. J'en mets un à tout devoir à tout le monde.

T'ai-je déjà parlé de Raymond ? Camarade de classe en philo, longtemps célibataire, il est resté mon ami le plus précieux jusqu'à son mariage, annoncé par un petit mot reçu pendant mes vacances à Noirmoutier : je me revois lisant ses lignes sous les pins. L'annonce de ce mariage a sonné la fin de ma jeunesse ! Heureusement que Raymond s'est marié fort tard ! Je lui ai écrit récemment à propos de je ne sais quoi, la grève des routiers peut-être, et soudain, après avoir signé ma lettre, j'ai pensé que j'avais dû lui écrire après la mort des filles, bien que je l'aie beaucoup vu à cette époque, et je lui ai demandé en post-scriptum s'il lui serait facile de retrouver ce courrier. Je l'ai reçu ce matin. Il contenait cinq lettres, allant du 10 mai (donc moins de deux semaines « après ») à Noël. La première chose qui m'a frappée à cette lecture, c'est que ces lettres sont la propriété inviolable de leur destinataire. Je me sentais aussi indiscrète en les lisant que si elles avaient été signées d'une autre. Seconde impression forte : la réponse à la question que je me posais en demandant à Raymond d'effectuer cette recherche. Il est clair que je me suis transformée en tuteur de moi-même pendant les mois qui ont suivi l'accident. Le 10 mai par exemple, dix jours après la mort, j'écris : « Raymond, es-tu à Paris le 20 mai ? Pourrions-nous passer un moment ensemble ? Je n'ai personne avec moi ce jour-là, je ne veux pas rester seule. Aucune envie de te dire autre chose pour l'instant : arranger mon avenir immédiat est une tâche colossale. Hier, au restaurant avec Laurent pour la première fois, j'ai dû lire la carte pendant vingt minutes avant de comprendre ce qu'il y avait au menu. » Et je finis en notant : « J'étais dans la terreur en commençant cette lettre et là, déjà, ça va mieux. »

Donc : je choisissais mes baby-sitters et ils m'étaient utiles. Dans une lettre non datée mais sûrement assez proche de la précédente, je lui écris : « Comme tu devais être fatigué, hier soir !

J'ai un tel besoin de parler. Chez moi, après ces heures de monologue, je me suis endormie pour la première fois sans somnifère et me suis réveillée vers cinq heures du matin, attendant l'heure de me lever avec une tranquillité que je dois certainement à ta patience. » J'étais consciente du poids que je faisais peser sur mes amis, mais savais aussi que j'atténuais leur chagrin en les laissant avoir sur le mien une action bénéfique. Dans les mêmes journées, j'écris encore ceci au même destinataire : « Raymond, pour le moment, j'ai peur de la rue, peur de tout ce qui n'est pas dans la pièce où je suis. Mais dès que je m'y retrouverai un peu mieux, je reviendrai te voir. »

Dans une autre lettre, je note : « J'ai recommencé à écrire. Écrire c'est recevoir sans rien donner, curieusement. Je t'en reparlerai. » Je ne lui en ai probablement jamais reparlé et je n'ai aucune idée de ce que je voulais dire. J'espère que c'est faux.

Le 30 mai (un mois jour pour jour après la mort), je lui annonce : « Je retourne vivre avenue Mozart dans deux semaines. D'ici là, je rassemble mes forces et trie les affaires des enfants. » Plus loin : « Les enfants commencent à me manquer. Je commence également à entrevoir cette vie si longue qu'il faudra vivre avec le plomb dans la poitrine. » Et je lui parle d'un livre de Bergson qu'il m'avait fait lire : il m'était tombé des mains. Trop loin, trop loin tout cela.

Nous sommes retournés vivre avenue Mozart, donc. Le tri était fini. Il fallait retourner dormir dans notre lit, dans notre chambre, contiguë à celle des enfants, silencieuse à jamais. Nous l'avons fait. Les balcons avaient été fleuris, le réfrigérateur rempli par Catherine et Nathalie. Nous n'avions plus qu'à arroser les pétunias, les géraniums, les rosiers. A manger les mangues. Nous voulions repeindre la chambre des petites. Marguerite Périer, femme du parrain de Laurent, et sa fille Francine s'y sont attelées, comme à un affreux devoir auquel on ne peut couper. Elles s'encourageaient l'une l'autre, sur leur escabeau. Elles ont lavé, bouché, poncé murs et plafond. Et tout peint en bleu gauloise mat et blanc laqué. Tout sauf un espace. Un soir en rentrant, je les ai trouvées dans le salon, devant un verre de whisky. « Vève, il y a sur le mur quelque chose qu'on ne peut pas peindre. » En effet, elles avaient épargné une bande du mur, une bande verticale, sur laquelle elles n'avaient pu se résoudre à passer le pinceau : une toise, au crayon, consignait la taille de Mathilde et d'Élise, mesurée tous les six mois dès qu'elles ont su se tenir debout. J'ai été chercher notre agenda et y ai reporté tous ces repères. Marguerite et Francine pouvaient peindre.

Peu de mois se sont écoulés avant que Francine Périer ne meure à son tour dans sa voiture, écrasée par un camion trop haut pour le tunnel du Trocadéro sous lequel il avait voulu passer quand même et a basculé. Aux obsèques, Marguerite, qui avait déjà perdu une autre de ses filles, se promenait avec moi parmi les amis, bras dessus, bras dessous, et me présentait à tout le monde : « Vous voyez, cette jeune femme ? Elle est comme moi ! »

28 juillet 1992

En fouillant dans mes cartons, j'ai retrouvé ma correspondance avec Laurent, datée de l'été 1980, l'été sans enfant. Si je dévoile celle que j'adressais à Raymond, je ne peux cacher celle que nous échangions, Laurent et moi.

Me frappe avant tout la simplicité de nos échanges. Nous étions séparés puisque je bénéficiais des congés scolaires. Je lui écris : « J'arrive dimanche matin. Si tu reçois des adresses pour le chien, veux-tu essayer de faire avancer les choses, en passant des coups de fil, en prenant rendez-vous pour nous deux ? J'ai réfléchi que si j'attends un bébé ce mois-ci, je serai en congé de maternité dès février, et donc le problème toutou ne se posera que jusque-là. Je te laisse les papiers de la voiture, toujours au garage car j'ai quitté la maison trop tôt pour aller la chercher. J'ai déposé mes manuscrits chez Grasset, pour les petits livres. On verra. Je t'embrasse très très fort, mon amour ».

Lettre de Laurent : « Ma femme chérie. Je me couche tout seul ce soir, un peu cafardeux, un peu mélancolique. Je pense que, quand je me coucherai, je fermerai les yeux pour me réveiller tout de suite dans tes bras, temps aboli. Mais je serai trop impatient pour m'endormir. Alors je t'écris en pleurant pour me sentir tout de même avec toi tout de suite. Que les journées sont dures, sans toi. Je pense à toi tout le temps. A ta douceur, à notre tendresse. Il n'y a plus au monde une seule autre main que la tienne que je puisse prendre pour me rassurer, me dire que je vis encore pour quelque chose. [...] Est-ce qu'il y a encore quelque chose, ou quelque chose de plus que je puisse faire pour toi ? As-tu encore besoin de quelque chose ou n'auras-tu jamais plus besoin de rien ? »

Rien à faire. Les passages les plus brûlants, je ne me résouds pas à les citer. Pourtant, les lisant tout à l'heure, je voulais tant te les montrer. L'amour de Laurent est à moi. C'est mon trésor. Il disparaîtra avec moi, après m'avoir fait vivre.

J'aime voir comme je l'aime, moi aussi. Un mois plus tard, enceinte, je prolonge mes vacances avec maman. « Je voudrais ne pas te parler des enfants, cela te fait du mal sans me faire de bien. Que dire et comment se taire ? Nous voilà tous les deux, mon amour, orphelins de nos petits, et moi qui te vois toujours avec mes yeux d'il y a onze ans, je ne peux croire que mon jeune et beau mari ait connu un malheur pareil. L'autre jour, quand tu es passé au-dessus du mas aux commandes du vieux

Cessna rouge, j'étais dans le chemin derrière la rivière et je sautais sur place en agitant les bras et en disant : « C'est Laurent ! C'est Laurent ! », j'avais les yeux pleins de larmes parce que avant je disais : « Vite ! Regardez ! C'est Papa ! C'est Papa ! » et tant de bras s'agitaient. Dans ta dernière lettre, tu m'interrogeais sur mon amour pour toi, à ta manière, si douloureuse et pressante, si absolue, qui me donne l'impression de ne jamais être à la hauteur et que ma modeste passion, si elle est ce que je sais produire de plus pur, ne te fera que l'effet d'une gorgée d'eau trop vite bue pour te désaltérer. [...] Ce que peut t'offrir ta femme de trente-trois ans est bien peu face à ce qui est parti avec Mathilde et Élise. Comment faire, mon amour, pour gambader dans le couloir à ton retour, t'admirer dans tes prouesses, je me sentais si seule et bête, dans mon chemin, vieille fan en larmes : "C'est Laurent ! C'est Laurent !" [...] Parfois, je pense que ça n'ira pas, que je casserai sous la pression du casse-noix. A d'autres moments, je pense que dans quatre ou cinq ans nous serons de nouveau un petit monde chaud et vigoureux et que cela n'aura pas d'importance si toi ou moi sanglotons dans nos oreillers la nuit. Mon destin individuel ne se joue plus, maintenant, tu le sais bien. Ce que je veux, c'est être bientôt une petite bande de gens qui t'aiment. Comment, le nez dans mon mouchoir trempé, te parler des travaux de la salle de bains ? Ci-joint la liste de ce que le plombier devait faire. Tant pis s'il n'a pas commencé. Sans les enfants, quelle importance ? J'espère que chien-chien va bien-bien. »

Exaltés par le deuil ? Non. L'été précédent, nos lettres ont le même ton. Enfin... Je lui écris, alors que je me trouve avec Mathilde et Élise à Noirmoutier : « Mon amour, j'ai envie de te téléphoner, non que je me sente mal, mais j'ai peur que pour toi cela n'aille pas, pour ta première nuit seul à la maison. C'est très embêtant de ne pas avoir de téléphone sous la main. Je n'ai pas le courage d'affronter la nuit, le vent dans la pinède, la solitude étrange dans cette cabine éclairée au fond du désert nocturne. Et surtout je ne veux pas te "coller". [...] Mathilde fait quelques brasses. Élise ne cesse de jouer et s'agiter dans l'eau jusqu'au menton en poussant des cris de joie entrecoupés de hoquets quand elle boit le bouillon. Emportée par leur enthousiasme, je me baigne beaucoup moi-même, pour leur tenir compagnie. [...] Je te serre dans mes bras et te couvre de baisers. Je t'aime terriblement. »

Autre lettre, qui parle d'urticaire chez Élise, du fait qu'il faut que je reprenne Mathilde en main car elle devient rapporteuse, de pêche aux grandes marées... Et qui se finit par : « Je t'appelle ce soir puisque tu pars demain. Je t'aime, je te souhaite bon voyage et je t'embrasse avec tout mon cœur et mes grands bras, mon amour. »

Il n'y a pas de miracle. Il y a ça. L'amour qui a nourri ton bonheur nourrira ton malheur.

18 août 1992

Hier, à cette table, j'ai dîné avec mon beau-frère Christian. Nous nous aimons bien et avons rarement été seuls ensemble depuis la mort des petites, sauf une fois, quelques jours seulement après l'accident ; nous étions allés au café et je lui avais dit que je mesurais les ennuis que nous causions à sa famille. Lui qui n'avait aucun lien du sang avec nos filles se trouvait pour toujours, avec sa femme de vingt-quatre ans, son bébé et ses futurs enfants, au cœur d'un chagrin inextricable. Sa femme conduisait la voiture, son bébé était sorti indemne de l'accident qui avait tué les deux nièces dont, seul, au bord de l'autoroute, jeune médecin, il avait dû constater la mort.

Tu te souviens sans doute que c'est lui qui nous a prévenus au téléphone. J'ai toujours vu dans ce coup de fil la marque d'un courage indépassable.

Direct, intense et contenu, il m'a dit que depuis douze ans, au moins une fois par mois, il remontait l'autoroute en courant. Il m'a redit cet instant où, quand sa femme a eu maîtrisé sa voiture, il lui a jeté un « Bravo Aline » avant de se retourner vers les enfants, pour constater qu'il n'en restait qu'un, le sien. C'est alors qu'il a marché, ou couru, le long de l'autoroute. Il dit qu'il a constaté leur mort et frappé le sol en hurlant. Il dit que, sans se souvenir pourquoi, quand sa femme l'a rejoint en criant, il l'a giflée. Il se rappelle combien les secours ont été longs à venir, et qu'une personne, un homme, près de lui, l'a aidé à recouvrir nos filles, l'une d'un manteau, l'autre d'une couverture. Une inconnue donnait le biberon à Aude. Les secours sont arrivés en sens inverse, si bien que l'autoroute était bloquée dans les deux sens, et embouteillée à perte de vue. Il a fallu la faire traverser à nos filles. Une femme pleurait, Christian s'est étonné de ses larmes, mais elles lui ont fait un peu de bien. « Moi seul ai vu comme elles étaient vraiment », m'a-t-il dit. Je ne lui ai pas demandé comment elles étaient vraiment, sur le bord de cette autoroute. Je le lui demanderai peut-être un jour.

Il faut faire avancer ce récit. Dans mes dernières lettres, j'en étais à ma correspondance avec Raymond et Laurent. Mais la vie de tâcheron que j'ai menée après, c'est le comble d'avoir à la relater. Ce rien si pénible. Tandis que ces instants-là... Mathilde, quand elle était petite, aimait regarder les illustrations de Blanche-Neige, qui lui faisaient si peur. Je dis « quand elle était petite », comme si elle fut jamais grande. Elle tournait les pages montrant la méchante reine en bossue hideuse, et y revenait sans cesse. Maintenant, c'est moi qui tourne les pages et reviens sans cesse aux images d'épouvante. Ma Blanche-Neige, c'est Mathilde.

Et Élise ? Voilà. Toujours l'une cache l'autre. Une amie, mère de jumeaux, me racontait qu'elle n'avait jamais bercé un de ses bébés sans éprouver de gêne vis-à-vis de celui qui restait dans son berceau.

Je voudrais n'écrire que sur ces instants dont j'étais absente. Moi chez moi, elles sur l'autoroute A 1. Bon. Avançons, comme j'aime à dire en réunion de rédaction, quand on se dissipe et que je piaffe.

Donc nous sommes rentrés le 14 juin. Mes amies avaient fleuri toutes les fenêtres et rempli de bonne nourriture le réfrigérateur. Sans doute t'ai-je déjà dit tout cela. Avançons.

Non, en fait, ce que je voulais aussi t'expliquer en relatant ce dîner avec mon beau-frère hier soir, c'est qu'en l'écoutant, je n'éprouvais pas la peur terrible que ces évocations provoquent toujours : je l'écoutais, sachant que j'allais tout te raconter. Ce qu'il me disait ne faisait que me traverser. Je te le racontais déjà en l'écoutant.

23 septembre 1992

Ce matin, avant huit heures, un des animateurs d'Europe 1 téléphone sur l'antenne à Roman Polanski. Il l'interroge sur la sortie de son film, *Lunes de fiel*. Est-ce facile de filmer sa femme « sous toutes les coutures » ? La formule est utilisée deux fois, insinuante, et me gêne les deux fois. Et comme toujours lorsqu'on dérape, on finit par se casser la figure. « Votre femme est enceinte, c'est pour bientôt ? » « Janvier 93 », répond Polanski. « Vous avez cinquante-neuf ans, c'est votre premier enfant ? » Je retiens mon souffle. Il n'y a eu aucun délai entre la question de l'animateur et la réponse de Polanski. Mais je pourrais t'écrire des pages sur cette fraction de seconde, tant elle s'est dilatée. La question en elle-même était désagréable, parce qu'on ne doit humilier personne du fait de son âge, sa race, son extraction sociale, tout ce à quoi nul ne peut rien, et qu'y faire, le bébé est là, en route vers ce père âgé dont, au fond, on cherche à le séparer d'avance, désigné comme incompétent, que l'on prive de sa virilité, de sa joie candide, de son amour, auquel on fait mordre la poussière à tout hasard, pour le cas où, déjà, ça ne lui ferait pas mal de vieillir, d'avoir trente ou quarante ans de plus que sa femme et la décrépitude pour horizon si proche. Mais elle était par ailleurs, cette question, catastrophique. Parce qu'elle dépassait son but mesquin. « Je ne sais pas quoi vous répondre, dit doucement le cinéaste. Ma femme Sharon Tate était enceinte de huit mois et demi quand elle a été assassinée... » On veut juste faire un peu de mal et on en fait beaucoup. On vise une petite cible sous la ceinture et on atteint le cœur. Et la mémoire des morts, au-delà de la personne visée.

Cela dit, j'ai aimé ce dialogue. Parce qu'il a permis de séparer le grand du petit, et d'évoquer une jolie jeune femme et un bébé qui n'aura connu du monde, avant même d'y naître, que la monstrueuse marginalité. Et parce qu'il m'est si familier. « Combien avez-vous d'enfants ? » J'en ai quatre. Mais où ? Sur mon livret de famille, déjà. On ne le montre pas à tout le monde, certes, mais ils y figurent. Dans le *Who's Who* qui va sortir, aussi. Les épreuves de ma notice biographique m'ont été envoyées, j'ai vérifié l'orthographe des quatre prénoms chéris et rêvé dessus de longues minutes dans mon bureau. La suite n'était qu'un paquet de texte gris. Laurent les a longtemps vus figurer sur sa carte de sécurité sociale, dont j'étais si jalouse. Et quand il a reçu celle de l'année dernière, interloqué, il m'a dit : « Tiens ! Ils ont oublié Mathilde ! » Nous avons réfléchi. Non, « ils » ne l'avaient pas oubliée. Mais elle était majeure, notre fille, en 1991 : dix-huit ans. Étudiante, sans doute. Volant de ses propres ailes, en tout cas. Trop adulte pour figurer sur la carte de remboursement de son papa. Autonome.

Je ne suis pas sûre que Polanski n'ait pas eu de joie à annoncer l'arrivée du prochain bébé en évoquant, même s'il ne l'avait pas prévu, la présence de l'aîné de ses enfants. Finalement, on ne fait pas toujours tout le mal qu'on voudrait.

13 octobre 1992

Les filles ce mois-ci auraient dix-sept et vingt ans. Je les aime toujours, et ce sont les jeunes filles que j'aime. D'autres anniversaires se fêtent en octobre. Notre fils est invité chez un petit voisin, pour ses neuf ans. Ma filleule célèbre ses douze ans, ma nièce ses treize ans, mon neveu ses onze ans, maman ses noces d'or avec papa, mort peu après leurs noces d'argent, et puis il y a le demi-millénaire de Christophe Colomb, l'Amérique, et les dix-sept ans du fils du parrain de Mathilde, le jour même de ses vingt ans à elle, voilà le mois d'octobre. Dans mon cœur, quand je traverse la rue, quand j'achète du pain, quand j'allume la télévision, quand j'ouvre les volets, quand je mets le couvert, toute seule, je fais grandir mes enfants, ou plutôt je les laisse grandir, ma fille de dix-sept ans, ma fille de vingt ans. Le 8 octobre, pour l'anniversaire d'Élise, maman m'a appelée au bureau, elle voulait me parler ce jour-là. Je sais qu'elle me téléphonera aussi le 20. Nous nous aimons dans notre chagrin, dans notre impuissance, elle qui m'a faite, moi qui ai fait mes filles. Aline s'est rendue à Compiègne sur la tombe, maman ira, ma belle-mère aussi, nous irons en dernier, afin que pendant tout le mois d'octobre les fleurs soient déposées, redressées, arrosées, touchées. Le parrain de Mathilde envoie chaque année un chrysanthème blanc énorme, nous le dégageons de son papier de cellophane quand nous arrivons au cimetière où il attend, tout emballé ; c'est notre dernier geste d'octobre.

Hier, j'ai croisé la maman d'une camarade de classe de Mathilde. Je remontais mon avenue avec un voisin, auquel j'ai commencé à raconter qui était cette femme. Je voulais évoquer certains souvenirs, que j'aurais tus sans doute si ce n'avait été le mois des vingt ans de Mathilde. Je voulais parler de ma fille aînée, sans dire lourdement que son anniversaire était quelques jours plus tard. Mais j'ai dû m'y prendre mal, raconter trop lentement, ou peut-être simplement mon histoire n'était-elle pas intéressante : mon voisin m'a interrompue, il est passé à autre chose et j'ai ravalé mes anecdotes. C'était triste, mais son manque d'intuition m'a offert la seule chose que j'accepte vraiment : la solitude et les larmes que l'on refoule.

Je ne dois pas renoncer à te raconter l'année qui a suivi la mort des petites. Comment m'y prendre ? Sans doute le plus simple serait d'énumérer ce que j'ai fait. Nous avons adopté un chien. Laurent m'a emmenée en Amérique. L'été, j'ai su que j'étais enceinte. J'ai repris mon travail. Pour Noël, nous nous sommes réfugiés en Italie. Il y a eu le procès. J'ai écrit un roman. J'ai laissé chacun me consoler. Il n'y a pas eu de second rôle. Tous ont été utiles. Tout était primordial. Certaines choses demandaient beaucoup d'efforts. Mais nous avions acquis du métier. Nous savions qu'on ne peut souffrir à ce point vraiment longtemps, que le paroxysme ne dure que quelques heures et que, lorsque ces heures sont passées, l'anesthésie s'installe.

Je vais reprendre ma liste et te raconter seulement un souvenir lié à chaque élément.

Le chien. Nous voulions un braque gris, tu sais combien la beauté compte pour nous, combien elle nous aide, nous construit, nous réconcilie avec le monde. Donc, après avoir méthodiquement étudié les races qui, par leur caractère et leur esthétique, pouvaient nous convenir, nous avons décidé de chercher un braque de Weimar. Nous avons fini par apprendre qu'une portée était née dans le Limousin. Dans la canicule des premiers jours de juillet, nous avons fait la route, seuls désormais à l'avant de la 304 dont la banquette arrière ne servait plus à rien. Affamés, assoiffés, nous sommes arrivés dans un château dont la maîtresse de maison nous attendait sur le perron. Sur la pelouse, nous avons joué avec les chiots, les taquinant pour mettre leur douceur à l'épreuve : puisque nous souhaitions avoir d'autres enfants, il était nécessaire de choisir un animal particulièrement bien luné. Sous le soleil écrasant, nous avons signé notre chèque et sommes partis avec le bébé Rochelle, que tu connais, sans que notre hôtesse nous ait offert d'entrer boire un verre d'eau. Sales, fatigués, nous sommes remontés en voiture. Nous nous sentions rejetés, déjetés. Quand on est malheureux, la clochardisation n'est jamais loin. Qu'on vous prive d'un verre d'eau, et on y est.

L'Amérique. Laurent assistait à l'inauguration d'un hôtel à Houston et pour nous distraire un peu, son patron m'avait offert le voyage. Je n'avais jamais accompagné Laurent auparavant : trop de travail et pas envie de quitter les filles. Sauf le 30 avril, justement. Rien ne me retenait plus. Dans les grands espaces texans, je ne souffrais pas. La télévision retransmettait le tournoi de tennis de Roland-Garros, que je regardais depuis ma chambre. L'hôtel était magnifique, j'étais fière de mon mari. Et puis nous sommes partis pour le Mexique visiter d'autres hôtels, en vue d'une éventuelle implantation à Mexico de la chaîne pour laquelle travaille Laurent. Là, c'était différent. L'altitude m'empêchait de bien respirer et cette légère suffocation réveillait l'autre. Quand je partais explorer les villages de montagne pendant que Laurent travaillait, je cherchais mes filles partout. Les enfants indiens portaient des robes à frous-frous et des jeans troués. Je les dépassais pour vérifier, sur leurs bruns visages, que je ne reconnaissais pas Mathilde ou Élise. Dans les rues, à Mexico, je voyais Laurent agir de même. Un soir, sur un trottoir, il s'est arrêté près d'un petit mendiant endormi et a glissé des chewing-gums dans sa main entrouverte.

Enceinte. Je savais que cela ferait plaisir à tout le monde. Dans le catalogue des Trois Suisses, je regardais les pages concernant les enfants de quatre et sept ans. Puis, le courage revenant, je feuilletais à l'envers, jusqu'aux pages consacrées aux nourrissons.

Le procès. Rien.

Un roman : je ne souffre pas quand j'écris.

Noël, l'Italie. Bien sûr, nous ne pouvions rester à Paris pour Noël. Nous ne voulions ni voir les vitrines, ni être recueillis ce soir-là par qui que ce soit, dont nous aurions gâché la fête. Nous avons choisi la Toscane, et Rome. Il faut que je te raconte ce voyage avec soin. J'espère y parvenir la prochaine fois. Là, je n'ai plus de ressources.

28 octobre 1992

C'est presque la Toussaint. Nous ne sommes pas encore allés à Compiègne, sans doute est-ce pour demain, si le temps n'est pas trop rébarbatif. Et toi ? Vas-tu sur la tombe de ton père, à la Toussaint ?

Je pensais cette nuit que j'allais t'écrire aujourd'hui et souhaitais que le jour ne se lève jamais. A l'angoisse de plonger dans notre voyage italien, comme décidé dans la dernière lettre, se mêlait celle de finir par t'accabler. Il me semblait que j'étais de plus en plus terrifiante, inhumaine, avec le long fleuve noir de mes lettres. Un ami qui avait toujours quelque chose de joli à me dire me parle depuis un mois ou deux sur un ton nouveau, émaille ses phrases de « *ciao* », « *bye-bye* », « salut ». D'où sort-il ces mots-là, qui ont trempé dans toutes les salives ? Cette nuit, je trouvais que ma vie n'était pas belle. A mon réveil, la radio braillait une interview du docteur Garetta. C'était un monde affreux.

Donc, quelques jours avant Noël, en 1980, nous

avons pris le train pour la Toscane. En dix jours, nous voulions la visiter, ainsi que Rome, et accomplir un circuit étrusque. La Renaissance, l'Antiquité, les kilomètres, l'exil et rien que nous deux pour fondre tout cela à l'absence de Mathilde et d'Élise. Des amis, pour que nous ne partions pas tout à fait seuls, nous avaient prêté les guides qu'ils avaient lus quelques années auparavant, pendant leur propre voyage en Toscane. J'étais enceinte de cinq mois.

A Florence, nous avons loué une R5 ! Ces journées d'hiver étaient courtes, si bien que dès dix-sept heures nous nous retrouvions dans notre chambre d'hôtel, ne sachant que faire. Nous allions dans la journée de chef-d'œuvre en chef-d'œuvre, marchant beaucoup ; bien des sites étaient fermés pour travaux, mais Florence est inépuisable et nous l'étions aussi. Les vitrines de Noël étaient très différentes de celles de Paris, moins axées sur l'enfance et les jouets, plutôt sur les Panettoni et la nourriture. Elles ne nous blessaient pas. Quelquefois, comme dans ce cloître minuscule et parfait qui aurait, semblait-il, tenu dans notre petit appartement, je me demandais ce que je faisais là, à engranger ces images que je ne restituerais pas à mes enfants. Ces moments où je me sentais une carcasse vide étaient rares. Le plus souvent, ces beautés d'autres siècles m'offraient en cadeau un passé si ancien que le passé immédiat perdait de sa force.

Laurent avait parfois des idées fixes. Voir les mosaïques de Ravenne, par exemple. Les chemins de montagne qui y menaient étaient enneigés et déserts. Dans la R5, j'avais froid. Je pensais que la voiture tomberait en panne et que nous mourrions là, de froid. Et puis nous sommes arrivés dans la première église. Sombre. Nous avons glissé une pièce de cent lires dans la minuterie payante et avons levé les yeux : sous la coupole nous regardaient les animaux paradisiaques, dans un ruissellement d'ors et de végétation étincelante. Et clonk, la lumière s'éteignait. Cent lires, le paradis verdoyait à nouveau. Nous qui allions dans la vie en regardant le bout de nos souliers, enfin nous levions la tête vers ce jardin d'Eden. Cent lires déclenchaient trois minutes d'éternité dorée. Laurent avait raison. Il savait ce qui était bon pour nous.

D'autres fois, ses idées fixes étaient des catastrophes ! Il voulait voir San Marino, bizarre république enclavée sur la côte est, cerclée de murailles. Un lieu de fric, païen, où nous devions dormir la nuit de Noël. Mais moi je voulais la messe ! Je voulais les bougies, les prières, les chrétiens ! Je voulais chanter et pleurer, je voulais les voûtes, la croix, la crèche ! Nous avons pris la route. 24 décembre, la nuit. Silence conjugal. Le masque. Et nous voilà au bord de la mer dans cette cité close. Nous avons dîné dans un petit restaurant moche. Dormi chez l'habitant dans une sorte de garage à la maçonnerie élémentaire, transformé en chambre de passage. Dans la rue, les rares passants nous disaient : « Auguri » en nous croisant et je sifflais entre mes dents : « C'est ça, c'est ça, auguri. »

Tombeaux étrusques. Les couples se regardent et s'aiment. Les chevaux aux fins sabots galopent, heureux et fiers. Les fresques pâlissent. Avant de descendre dans les grottes, le guide plaisante : « Tout cela est fragile. Défense de parler, de respirer, d'accoucher, de mourir. » Ces interdictions rencontraient un écho trop grand.

Parfois notre boulimie de visites nous conduisait aux limites de nos forces. Dans une église de Sienne, atteinte sans déjeuner au milieu de l'après-midi, nous avons été pris d'un fou rire d'épuisement. Je nous revois tous les deux appuyés à une colonne, riant, riant. Sans doute l'église fermait-elle bientôt. A la sortie nous nous sommes tapé une pizza historique, « calzone di Giotto », qui pour toujours est restée dans notre langage le caleçon de Giotto (et non le chausson de Giotto), fourré de tomates, d'anchois, de jambon, de fromage... Colossal caleçon de Giotto, obscène, bourratif et absurde. Les parents sans enfants s'empiffraient.

San Giminiano. La plus belle chambre de l'hôtel, aux fenêtres ouvrant sur la plus belle place du monde. Nous deux dans le grand lit, sous le haut plafond.

Et la route d'Assise. J'ai le nez dans le guide Michelin, pour repérer un hôtel où dormir. Quelquefois je regarde par la fenêtre les collines, je baisse la vitre pour entendre au loin bêler les moutons. Puis je replonge dans le guide et fais des suggestions à Laurent. Et je relève le nez. Au détour de la petite route, dans le ciel blanc de cette belle journée d'hiver, là-bas, c'est Assise. La surprise me fige. C'est si beau ! Un instant, je retrouve une joie familière, la joie que procurent la Terre, la Création, l'entente de l'homme et de sa planète, pardon d'être si pompeuse. Ce petit village s'y prête mal. Mais pour la première fois, pendant quelques secondes, j'étais comme avant. Pour la première fois, j'ai su que j'avais un avenir. Le monde ne se résumait pas à la mort de deux petites filles.

Rome. 31 décembre. Nous dînons dans une trattoria silencieuse. Nous rentrons nous coucher. Je m'endors. Et des pleurs me réveillent, ou des klaxons. Les deux. Minuit vient de sonner, nous sommes propulsés en 1981, mon mari pleure.

4 novembre 1992

Nous sommes rentrés à Paris. Oui, je me souviens t'avoir laissé dans une dernière lettre à la veille de la messe pontificale du 1er janvier, mais tant pis pour le pape. Nous sommes rentrés à Paris. La ville semblait propre et ordonnée. Je pense que je me suis remise à travailler. De ce premier trimestre 1981, honnêtement, j'ai peu de souvenirs.

Le procès était jugé. Le jeune homme qui a tué mes filles a été reconnu seul responsable de l'accident et a été condamné à 1 200 francs d'amende, 500 francs de contravention. Il est reparti du tribunal au volant de sa voiture. Il avait vingt-deux ans, il en a trente-quatre aujourd'hui. De lui, de sa famille, nous n'avons jamais reçu un signe. Je pense à lui le moins possible. Vraiment extrêmement peu. J'aimerais te dire son nom, mais comme, quelques mois plus tard, il a été amnistié, je ne crois pas y être autorisée. Il s'appelait Jacques. Nous avons reçu, Laurent et moi, chacun 50 000 francs pour chacune de nos filles. Les grands-parents, je crois me souvenir, 10 000 francs chacun. L'arrière-grand-mère, 3 000 francs. Et Aline, qui conduisait la voiture, a eu un peu d'argent aussi, je ne sais plus combien, mais le symbole importait car l'argument plaidé était rare : le tort reposait dans la difficulté pour Aline à tenir sa place dans la famille. Ce fut la principale satisfaction dans ce jugement. Les frais d'enterrement ont été remboursés, dommage, j'aurais voulu qu'on laisse cela de côté. Mais il paraît que c'est l'usage. J'ai reçu aussi un peu d'argent pour compenser partiellement la fermeture brutale de mon cabinet d'orthophoniste. Quant à l'assurance scolaire, dont la directrice de l'école s'est occupée spontanément, elle nous a versé, conformément au contrat, 5 000 francs pour chacune des enfants.

La famille nous a donné l'argent reçu. Nous avons acheté un petit deux-pièces près de la place de la Contrescarpe, occupé par une vieille dame qui y vit toujours. Dans la vie de tous les jours, désormais, nous avions trop d'argent. Les salaires tombaient pour nous deux, plus pour nous quatre. Acheter un meuble ou un bel objet un samedi de désespoir permettait de franchir le week-end. Je ne sais pas à quoi je m'occupais en semaine.

Mais écoute bien ceci : le 23 avril 1981, j'ai pris ma petite valise et je me suis rendue à la clinique de la Muette avec Laurent. Je suis montée sur la table de travail. J'avais mal et la douleur physique associée au désarroi intérieur m'ont rendue insupportable. Je voulais mourir. Je geignais, me tenais mal. Le médecin, légèrement décalé, m'appelait « sa petite cliente » et perdait les pédales. Laurent, silencieux, restait près de moi. Il savait tout. Je me suis donc mise à mon sport favori, avec une vigueur et une sorte de fureur irrépressible. Le bébé est né vite et je me suis tournée vers Laurent : « C'est une fille ou un garçon ? » Une fille. Une petite fille. Ma fille.

Silence. Elle est blonde, claire, menue, ronde. La voilà dans sa grenouillère vert amande, lovée dans le giron de son père. Je les regarde tous les deux. Silence. La porte s'entrebâille, c'est maman. « Maman, c'est une fille, maman, c'est une petite fille. » Elvire. Celle-là, tu la connais.

11 novembre 1992

J'aurais voulu arrêter là mon récit mais il y a des choses que tu veux encore savoir. Pourtant le gouffre du passé me happe. Un collègue avec lequel je déjeunais à l'improviste chez Virgin hier, jour de mon anniversaire, s'est soudain montré arrogant, agressif, enfermé dans son monde et entamant le mien sans que je puisse l'arrêter malgré mes appels à la modération. Je ne m'en suis pas relevée. Ces situations où la confiance est trahie, où un ami ne sent plus rien, m'aboie à la figure de l'autre côté de la table, où après des efforts énormes pour l'arrêter, le sentant de plus en plus raide, de plus en plus persifleur, je lui dis : « Arrête, maintenant, tu es blessant, arrête », sur le ton que j'emploierais pour parler à un ennemi, ces situations ravivent la trahison d'il y a douze ans et déclenchent des émotions similaires. Je mets leur imperméable à Mathilde, à Élise. Dans leur sac de voyage, il y a les vêtements et les petits livres qu'elles aiment. Elles vont voir leurs grands-parents, c'est un joyeux mercredi après-midi. Elles seront éjectées de la voiture et mourront. Douze ans après, le jour de mon anniversaire, je m'assieds pour déjeuner avec quelqu'un de familier. Et parce que c'est lui, je ne repère pas le danger. Quand je l'identifie, il est déjà sur moi. Autrefois, le jeune homme à la Toyota s'est arrêté après l'accident et a pris dans sa boîte à gants un formulaire de constat amiable. Il n'avait pas vu que mes filles étaient mortes de sa conduite. L'innocence.

Le déjeuner chez Virgin ? Inutile que je te le raconte. Je ne ferais qu'accentuer la disproportion. Déjà moi-même je n'y comprends plus rien. Ni comment cela a pu arriver, ni pourquoi je sais que c'est irréparable. C'était improvisé. Cet ami était libre pour déjeuner, moi aussi. Une situation facile. Tu t'assieds en face de quelqu'un et tu sais qu'à chaque fois que tu lèveras le nez de ton assiette, tu croiseras son regard bienveillant, attentif et clément : le monde en beau. Stendhal écrit que le cœur grandit tout, met dans les mêmes balances la chute d'un empire et la chute d'un gant. Mais moi j'ai toujours voulu être raisonnable. Francine Cicurel (une autre Francine, dont je ne t'ai peut-être pas encore parlé) dit aimer cette faculté que j'ai de m'exposer entièrement à ce qu'on appelle les relations humaines. Elles étaient simples jusqu'à présent : je me chargeais de mes ennemis, mes amis se chargeaient de moi. Ma confiance n'a jamais été trahie. J'ai glissé ma main dans quelques mains et n'ai jamais eu à la retirer. Là, j'ai senti cette main me guider vers la nuit opaque de l'abandon. Je n'ai pas su retirer la mienne. D'ailleurs, après ce déjeuner, loin de tourner le dos, j'ai eu une petite phrase mièvre du genre : « T'inquiète pas, c'est pas grave. »

Le soir, autour du gâteau, ma sœur, maman, Laurent, Elvire et Gauthier formaient un rempart. A mon retour du bureau, Elvire au téléphone renonçait avec un évident regret à garder les enfants d'amis voisins : « Je ne peux pas, c'est dommage, mais c'est l'anniversaire de maman... » Son premier baby-sitting ! Elle aurait tellement voulu... Mais il ne faut pas me quitter ce soir. Elle sait déjà que quand on a le choix entre faire de la peine ou ne pas en faire, il faut choisir de ne pas en faire.

En fait, elle sait quelque chose que bien peu sauront jamais : elle sait qu'on a ce choix.

Tu me dis que tu n'as pas bien compris les circonstances précises de l'accident. Je répugne à y revenir, mais tout ce que tu veux savoir, je veux te le dire. Aline conduisait la R5 sur l'autoroute du Nord. Son mari à côté d'elle. Sur la banquette arrière dormaient, à gauche, Mathilde, au centre, Élise, et à droite, le bébé Aude dans son siège-baquet. Aline a reçu sur sa gauche la Toyota qui la doublait. Flanc contre flanc. Déportée sur sa droite, elle a heurté la glissière de sécurité. Les portes ne se seraient pas ouvertes. Mathilde et Élise, endormies par le sirop que je leur donnais pour qu'elles n'aient pas mal au cœur, seraient sorties par la fenêtre brisée. « J'ai vu tomber des manteaux », a dit la personne qui les suivait au volant de sa voiture. Les manteaux, c'étaient Mathilde et Élise. Mathilde a été blessée à la tête. Élise, si j'ai bien compris, a heurté de son ventre la glissière de sécurité.

Tout à l'heure, j'étais seule avec Elvire : Laurent se trouve à Saint-Pétersbourg et Gauthier dort chez un ami. J'ai emmené ma fille chez McDonald's, à sa demande. Une femme blonde, accompagnée de son mari et de ses deux enfants, s'est levée : « Vous ne me reconnaissez pas ? Je suis Madeleine. » C'était la première baby-sitter des enfants. Nous nous revoyions pour la première fois. Je lui ai présenté Elvire, elle savait par les journaux que j'avais aussi un fils. Ses lèvres et son menton tremblaient, ses yeux s'emplissaient de larmes. Nous avons bavardé longuement et nos hamburgers refroidissaient. A la sortie, j'ai été au stand de tir avec Elvire, nous avons tiré dans des ballons et gagné un pin's. Puis je l'ai ramenée à la maison, j'ai garé la voiture. Sur le trottoir, dans la nuit, le reflet du réverbère a fait briller ses yeux. Elle pleurait. Elle n'a pas connu ses sœurs et voilà que surgit quelqu'un qu'elle n'a jamais rencontré, qu'elle ne reverra jamais, mais qui parle des « cheveux coupés raides, carrés, avec la frange » de Mathilde. Une inconnue qui connaît ses sœurs à elle, ses aînées, qu'elle ne rencontrera jamais qu'à travers ces brèves résurrections, au hasard d'une table de McDonald's. « Et Élise, me dit-elle, elle est oubliée. » Nous nous serrons l'une contre l'autre. Oui, mon Élise est oubliée. Je pense à elle. Je lui dis « mon Lilou », comme autrefois. Je lui mets sa chemisette et je lui cours après pour lui enfiler le pyjama dont elle ne veut pas. Elle rit, je l'attrape, elle est costaud, j'ai gagné, la voilà habillée. Personne ne se souvient d'elle. Elle a perdu. Elle est morte sachant épeler quelques syllabes, faisant encore pipi au lit. Elle est morte avec ses dents de lait. Elvire se couche près de moi, nous dormons ensemble, enlacées.

1er décembre 1992

Le chagrin qui te vient d'un ami, c'est la guerre civile. Tu dois te battre contre ton compatriote et on ne t'a pas appris à le faire. Je m'éveille au cœur de la nuit happée par le malheur. J'ai rêvé qu'un serpent sortait de ma gorge. Après la mort des enfants, nous avons dévoré pour survivre nos réserves de vitalité et je savais qu'elles ne se reconstitueraient jamais. J'ai vu grandir mes enfants suivants dans la hantise qu'il ne leur arrive du mal, je savais, et en ai eu de multiples preuves, que je ne pouvais plus faire face à rien. Mais je n'avais pas prévu qu'on pourrait m'atteindre ailleurs que dans mes enfants, ni que c'est la totalité des réserves qui se serait épuisée. Pas seulement celles qui alimentent l'amour maternel. Il faudrait n'aimer personne mais je n'ai, de ma vie, rien fait sans aimer quelqu'un.

4 décembre 1992

La terrifiante absence de mes filles, dilatée par ces lettres, engendre une vraie panique : perdre quelqu'un de plus. C'est cela, tu sais, qu'a réveillé la fameuse dispute. Perdre quelqu'un de plus. Depuis, d'ailleurs, l'angoisse qui m'envahit par bouffées rappelle beaucoup les années de deuil. Elle arrive, prend possession de moi, je sais qu'elle passera et quand elle est passée, je sais qu'elle reviendra et ne profite pas du répit. Seule avec les enfants hier soir comme parfois lorsque Laurent voyage, j'ai appelé Francine Cicurel pour qu'elle me tienne compagnie avant l'heure du coucher. J'aime que les amies dînent avec moi, ces soirs où je ne suis sûre de rien. Son coup de sonnette, à l'heure convenue. Ses pas dans l'escalier. Son sourire ! « C'est S.O.S. Médecins », me dit-elle dans un rire et nous nous étreignons.

Quand j'ai rencontré Francine, nos filles étaient mortes depuis quatre mois. La sienne, Liora, huit jours après les miennes. Elle avait publié, dans la feuille de chou de notre arrondissement, une petite lettre dans laquelle elle évoquait cette fillette de douze ans, sac U.S. sur le dos, regardant les barrettes dans la vitrine des parfumeries du quartier. Elle habitait à deux rues de chez nous. Mathilde, Élise et Liora se sont certainement croisées sur les trottoirs, dans les boutiques, sur les passages cloutés. Elles sont mortes toutes les trois. J'ai répondu à Francine et nous nous sommes connues. Le coup de foudre. Quand elle n'est pas là, car elle voyage beaucoup, cette linguiste si demandée, le quartier me semble désert. J'aime sa famille, son mari, ses enfants, ses livres, son écriture, tout ce qu'elle touche. Près de Francine, je ne souffre jamais, car elle est le centre, tout le reste est périphérique. Si j'ai appelé *Alma* le journal créé il y a huit ans, dont j'étais rédactrice en chef, c'est en partie parce que Francine nourrissait à cette époque une fascination pour Alma Mahler. Je voulais partager ce secret avec elle, lui dédier mon journal, mon travail. Quand nous nous sommes rencontrées, sa plus jeune fille, Ilana, avait l'âge de Mathilde. Elle est ici cette jeune fille de vingt ans que Mathilde est aussi ailleurs. Elle aime Elvire, qui l'aime. Elles jouent de la flûte traversière ensemble. A la clinique, quand Elvire est née, Francine est venue me voir et la voir. C'est le premier de mes enfants qu'elle connaîtrait. Jusque-là, nous n'avions pu parler que d'enfants inconnaissables. Là, dans ma chambre, Francine prenait ma troisième fille dans ses bras et lui parlait de sa voix douce et enthousiaste à la fois. Je l'entends : « Mais tu sais que tu es le plus joli bébé de la nursery ? » Et hier soir, découvrant Elvire et Gauthier qui chahutaient dans mon lit comme toujours quand leur père part en mission, de la même voix elle leur a dit : « J'ai tout compris. En vérité, vous êtes deux bébés. » Eux se tortillaient en souriant comme deux nourrissons dans leur berceau, en réponse aux mots d'amour.

Quand j'ai connu Francine, ne lui restaient donc que deux enfants sur trois. Jérémy avait dix ans, Ilana huit. Liora douze, quand elle est morte sur le passage clouté, en bas de chez elle. J'entrais et les deux enfants levaient le visage vers moi, me remerciaient pour les chocolats, regard droit et visage ouvert, ils n'avaient aucune des complications de l'enfant qui ne veut pas dire bonjour, pas dire merci, qui ne veut pas qu'on s'occupe de lui tout en vérifiant qu'on s'en occupe quand même, ils étaient simples et accueillants, exactement comme mes filles ; ce qui restait de Mathilde et d'Élise vivait là, parfaitement incarné en Jérémy et Ilana. La première fois que je suis venue voir Francine, j'avais apporté à tout hasard dans mon sac des photos des petites. Nous nous sommes montré nos photos avec embarras, comme des infirmes se montrent leurs mutilations, selon la formule employée plus tard par Francine. Elle est venue à son tour chez moi, mais ne pouvait y trouver des enfants qui puissent faire un pas en avant et lui souhaiter la bienvenue.

Évoquer Francine me permet de revenir à cette cinquante et unième semaine de deuil qui a vu naître Elvire. Le 29 avril, je suis rentrée à la maison avec elle. Je l'ai installée dans le berceau prêté par sa marraine. Et le lendemain, c'était le premier anniversaire de la mort de ses sœurs. On a sonné à la porte : Nathalie m'apportait trois petits bouquets de fleurs, trois bouquets identiques sauf que ceux de Mathilde et Élise étaient de couleur, et celui d'Elvire tout blanc. Elle est restée près de moi. J'allaitais ma fille tout en parlant de ses grandes sœurs à Nathalie. La sueur perlait sur le crâne blond d'Elvire : avait-elle trop chaud en tétant ? En vérité, c'étaient mes larmes qui inondaient ainsi son crâne.

Comment expliquer tant d'étrangeté ? Dans cet appartement, nous avions vécu tous les quatre. Puis, tous les deux. Maintenant, tous les trois. La santé d'Elvire a rendu cela possible. Elle a été le fil d'Ariane. Elle a permis à ses sœurs de mourir et d'exister à la fois. Elle a, plus tard, protégé son petit frère.

9 décembre 1992

Tu es venu dîner hier à la maison avec des amis. Sur le meuble de la salle à manger était installée la crèche qu'Elvire s'est fait offrir cette année en cadeau de Noël. Je ne pouvais t'expliquer toute cette histoire, hier soir. Je suis allée avec elle samedi dans le quartier de Saint-Sulpice et nous avons choisi les santons un par un. J'étais surprise qu'à onze ans et demi elle veuille une crèche. Maman a gardé la nôtre, que mes quatre enfants, Noël après Noël, ont installée chez elle. J'ai toujours pensé que, quand maman ne serait plus là, la crèche viendrait chez moi, pour mes petits-enfants.

Donc, nous voilà malgré tout chez le marchand avec Elvire. Nous choisissons la paysanne avec sa vraie laine, le bûcheron avec son vrai fagot, le berger, cape au vent, qui retient son chapeau de la main gauche, les moutons, les mages, les chameaux, la Sainte Famille, l'étable elle-même. Et puis Elvire me dit : « Je veux aussi deux anges pour représenter mes sœurs. » Hier soir, donc, tu es passé devant cette crèche, tu t'es un peu attendri, tout cela est si traditionnel ! Mais j'avais envie de te retenir par la manche et te montrer ce que tu ne pouvais voir : les deux anges agenouillés, posés là par une petite sœur qui ne sait rien des grandes, mais se bat pour les faire participer à notre vie quotidienne.

Récapituler le passé paraît de plus en plus difficile, artificiel et dangereux pour moi. Sans doute te l'ai-je déjà écrit : je n'ai jamais éprouvé la continuité entre ma vie avec « les petites », plus tard appelées « les grandes » même après qu'Elvire et Gauthier les eurent dépassées en âge, et ma vie avec « les petits ». Qui affronte vraiment la contradiction entre la vie et la mort ? Tantôt leur vie était si forte que je me disais : elles ne peuvent pas être mortes. Tantôt leur absence était si totale que je ne croyais plus les avoir connues. Elles étaient une hallucination. Si bien que le combat d'Elvire pour leur donner chair, pour les installer chez nous, est un combat solitaire, dans lequel je devrais être sa meilleure alliée, et dont je me sens la spectatrice pétrifiée. Je l'adore de mener ce combat, je l'adore au sens religieux du terme. Mais je n'ai pas l'impression de l'aider.

On entend en ce moment beaucoup de sornettes sur ce que les bébés perçoivent dans le ventre de leur mère. Ces discours s'apparentent à l'extralucidité. Pendant neuf mois, mon bébé n'a entendu que sanglots, appels au secours. Quand je l'ai ramenée à la maison, et pendant les trois premières années de sa vie, elle a dû supporter une mère tendre, certes, mais si lointaine... Si absorbée par d'autres vies ! Enceinte, j'avais écrit à Bettelheim, lui exprimant mes soucis : donner le jour à un enfant dans des conditions pareilles ! Il m'avait répondu : « Je suis heureux que vous ayez fait la seule chose raisonnable : un autre enfant. Et j'espère que vous en aurez d'autres au plus vite. Vous les élèverez dans une grande anxiété, c'est tout à fait normal et cela ne peut être évité. » Cette dernière phrase a produit sur moi un effet libérateur instantané et définitif. J'avais droit à ma stupeur. Mathilde et Élise étaient parties avec leurs impers, leurs cartables, leurs sacs à goûters, leurs chansons, tout. Et voilà Elvire, cinquante et un centimètres, avec ses grenouillères, ses tétées, son couffin. Trois kilos trois cents pour faire le poids. Elle l'a fait. Mais ça a pris du temps.

Tout de même, la première fois que je suis sortie dans la rue poussant son landau, j'étais la reine. La reine ! J'ai remonté l'avenue jusque chez maman comme les Champs-Élysées sous les vivats. J'avais les mains posées sur la poignée du landau et je le poussais, tu comprends ? Je n'étais plus, comme pendant toute cette année, mains vides, bras ballants. Au square, avec le bébé, c'était plus dur. Assise sur mon banc, je m'ennuyais. J'avais l'habitude d'attendre aux pieds des toboggans, de nettoyer les yeux pleins de sable, de renouer les lacets défaits. Mais maman me rejoignait souvent, me sortait de la torpeur. Et tous ceux qui avaient pleuré Mathilde et Élise avec nous se pressaient autour d'Elvire dans une allégresse qui œuvrait doucement en moi. Notre pédiatre a dit à sa femme, marraine d'Elvire : « Ils ont fait trois fois le même bébé. » Cette ressemblance comptait beaucoup. C'était ce minimum de familiarité dont j'avais besoin. Or sur cela aussi s'exerçait la pression sociale : si je n'avais été « élevée » par Bettelheim, je me serais sans doute interdit de chercher ces ressemblances, ce réconfort.

Hier, tu me disais que l'émission que tu produis serait peut-être sauvée. Ce matin au téléphone, tu m'annonçais le contraire. Devant chaque péripétie de la vie, je ressens cette secousse douloureuse. Je sais les efforts qu'il faut fournir pour aller de l'avant. Pendant les premières années, j'étais anesthésiée : les bombes étaient tombées sur ma maison, je n'avais plus peur de rien. Aujourd'hui, c'est le contraire. Ton émission s'arrête et la nécessité de reconstruire quelque chose, de le vendre aux chaînes, l'idée de ces trésors de compétence qu'il va falloir dépenser m'épuise. Même si ce n'est pas à moi de les fournir.

23 décembre 1992

Je pense qu'une partie de ma réticence désormais à t'écrire, cette peur qui ne me quitte plus, vient de ce qu'à ce stade de mes lettres, Elvire est là, vivante. La chérie, grande, qui s'est mise hier à lire un de mes livres. Ça n'a pas dû la fasciner, car elle a abandonné au bout de trois pages... Écrire « sur elle » me semble indiscret. Du vivant de Mathilde et Élise, je n'aurais rien écrit « sur elles ». Je ne me le serais pas permis, pensant qu'elles devaient seules dominer leur vie. Vois également le peu que je te dis de Laurent.

Elvire a eu pendant les trois premières années de sa vie une mère complètement *stoned*, aurions-nous dit au retour de Chicago. Mais également offerte à elle. Je me souviens qu'à Uzès, lorsqu'elle avait trois mois, je pouvais la faire rire d'un simple haussement de sourcil. Je la tenais au creux de mon bras, je répondais à ses mimiques et nous nous faisions rire l'une l'autre. Je l'ai allaitée six mois. Quand je lui ai refilé son premier biberon de légumes, elle l'a bu sans difficulté, elle avait confiance en moi, mais l'a rejeté en deux hoquets une minute après. Je l'ai remise au sein. Hélas, deux dents avaient percé : comme nous nous parlions des yeux pendant la tétée, dans sa joie, il lui arrivait de me mordre. J'ai donc dû la sevrer quand même.

A l'automne, je reprenais ma place d'orthophoniste au Centre. Nous avions inscrit Elvire à la crèche, contrairement à ses sœurs aînées : il nous semblait que, dans un univers professionnel, sa survie serait mieux garantie. Sitôt là, et malgré les efforts fournis pour une adaptation en douceur, ce bébé plein de santé, rose et gracieux, s'est révélé asthmatique et a cessé de grandir. Nous l'avons retirée de la crèche et ramenée chez nous.

Je suis partie avec elle passer les vacances de la Toussaint en Creuse, chez Françoise. Au péage de l'autoroute, je me suis fait arrêter : défaut de vignette. Nous avions acheté la voiture en août, et été mal renseignés : je me croyais dispensée de vignette parce que plus de la moitié de l'année s'était écoulée. J'ai été condamnée à payer trois fois le prix de la vignette, soit une amende égale au double de ce qu'avait payé le jeune homme qui avait tué Mathilde et Élise. J'ai écrit au percepteur pour lui raconter cela, il ne m'a pas répondu et a sobrement encaissé le chèque qui accompagnait ma lettre.

Noël est arrivé. J'avais commencé à militer pour la sécurité routière. En janvier, je me présentais avec Francine à des élections législatives partielles, sur ce thème unique, dans les IIe et IIIe arrondissements. La nuit de Noël, Laurent a ressorti son matériel de dessin, ce matériel qui lui servait à Chicago pendant ses études. J'ai dû te raconter combien je l'aimais, penché, silencieux, sur sa table, avec ses crayons, ses calques, les règles coulissantes et le grand tabouret. Il m'a dessiné l'affiche de la campagne électorale. Nous l'avons fait imprimer. Et la nuit du jour de l'an, nous avons couché Elvire dans son lit nacelle sur la banquette arrière, près des affiches et des balais, casé les seaux et la colle dans le coffre de la 304, et nous sommes partis, plan de Paris en main, recouvrir les panneaux électoraux.

C'était il y a onze ans. Je passe Noël demain, chez moi, en famille. Et le jour de l'an en Creuse, chez Françoise.

Uzès, 28 décembre 1992

Pour la naissance d'Elvire, maman voulait m'offrir quelque chose de beau. Chez un marchand de livres anciens, elle est tombée sur un recueil de Victor Hugo, relié de cuir rouge et intitulé *Les Enfants*. Je t'écris d'Uzès, le livre est à Paris, je te raconte de mémoire. C'est un grand, gros livre, doré sur tranche. Maman l'a tiré du rayon chez le libraire et ouvert à la page où se trouvait le signet : un long poème racontait l'histoire suivante.

Une femme a un petit garçon. Il est sa fierté, beau, joyeux, elle l'adore. Mais le voilà atteint du croup. C'est grave, l'enfant faiblit, il se meurt, il meurt. Sa mère dépérit. Le mari ne sait plus que faire. Le médecin lui conseille de faire un autre enfant à sa femme. La voilà enceinte, un petit garçon naît. Mais ça ne va toujours pas, la mère est pâle, absente, ne s'occupe du bébé que de loin. Et puis un jour, elle croit entendre une voix émanant du joli berceau. Elle s'approche, incertaine, se penche en silence. Et là, de la voix bien-aimée, si sûrement reconnaissable, elle entend ces mots : « C'est moi, ne le dis pas. »

Maman m'a raconté comment, de lui-même, le livre s'était ouvert là. J'y ai laissé le signet et ai lu tous les autres poèmes. Ils racontent la vie des enfants, la vie des parents. La mort des enfants, le deuil des parents. J'aimais lire tout cela. J'aimais que Victor Hugo me raconte tout.

Aujourd'hui, j'ai du mal à lire. Tout me paraît trop profond. Je cherche dans la journée à oublier, fût-ce un instant, qu'on perd ceux que l'on aime.

Cependant, quand Elvire était bébé, je ne craignais rien. J'étais avec elle dans une hallucination. En Creuse, chez Françoise, elle a été prise d'une crise d'asthme impressionnante. C'était la Toussaint, la brume. Je ne savais rien de l'asthme, mais tout de la mort accidentelle. A sept mois, elle n'aurait pas d'accident, et puis je l'allaitais encore un peu, que voulais-tu qu'il lui arrive ? Elle respirait si mal, soufflait comme une forge. Je la tenais contre moi jour et nuit. Françoise a appelé le médecin. Il a examiné ma fille sur mes genoux : « Il faut rentrer tout de suite à Paris, madame. Tout de suite. Son cœur peut lâcher. Faites-la soigner à Paris, ici je n'ai pas les moyens. Partez tout de suite. » Je suis partie. L'asthme s'est calmé pendant le trajet. Onze ans plus tard, je ne saurais te dire de quoi était faite ma léthargie. Abandon ? Sentiment d'impuissance ? Dépression ? Conviction intime que je ne garderais aucun de mes enfants ? Ou au contraire mégalomanie de jeune mère en osmose totale avec son petit ? J'étais sonnée. Je n'entendais pas grand-chose. Pourtant, c'est à cette époque que j'ai écrit mon deuxième livre, *A peine un désordre*, et si tu le lis, tu ne trouveras pas la trace de cet abrutissement. Je me souviens que la séance de photo pour la couverture a été faite chez nous pendant qu'Elvire gazouillait dans son parc. Sur la photo, je n'ai pas l'air si abrutie que ça. La vie est tellement compliquée.

Je ne comprends pas non plus pourquoi, plus je m'éloigne, dans mon récit, du 30 avril 1980, plus je souffre. A l'époque que je te décris là, il suffisait d'un moment de calme pour que les larmes coulent sur mes joues sans un sanglot. Debout dans le métro pour plusieurs stations ? Je pleurais. Assise dans la cuisine pendant que cuisait la soupe ? Je pleurais. Ce matin, j'ai longuement joué au tennis avec Laurent dans le petit club d'Uzès, avec les montagnes à l'horizon et le beau ciel froid éclairant la garrigue. J'ai bien joué, nous étions contents. J'ai rangé les raquettes dans le coffre et suis montée dans la voiture attendre Laurent qui nous inscrivait au Club House pour le lendemain. Et voilà les larmes, deux chauds ruisseaux, je pleure, je pleure, où est Laurent ? Les êtres les plus chéris meurent, ou changent. On guette l'horizon, ils ne reviennent jamais. Où aller pour les retrouver ? On est seule dans la voiture, oubliée. Les êtres les plus chéris vous ont oubliée. Et puis dans le rétroviseur, la silhouette de Laurent en survêtement. Je m'essuie dans la manche de mon sweat-shirt. Laurent monte à côté de moi, imite l'accent du type qui gère les inscriptions, nous voilà en route vers le mas, je ris avec lui.

J'aime mieux te raconter la vie d'aujourd'hui. J'en veux au passé, qui fut si dur à vivre, de me tirer en arrière. Je t'en veux de ne pas avoir été déjà là, alors. Il faut tout te dire, tu ne sais rien. Te raconter ma vie d'aujourd'hui est plus intéressant parce que tu la vois en même temps que je te la raconte. A ces années-là, tu ne peux rien changer. Quand tu m'as téléphoné pour m'embrasser avant que je ne parte en vacances, pour me dire qu'on se retrouverait en 1993, « de l'autre côté », tu jetais une passerelle vers l'avenir. Les gens qui meurent, les gens qui changent, vous envoient « de l'autre côté » plus pauvre qu'avant. La solitude, c'est le diable.

1er janvier 1993

Réveillon hier soir en Creuse. Quarante-cinq d'entre nous, presque exactement âgés de sept à soixante-dix-sept ans. Rien que gentils, rien qu'affectueux, rien que dansants. Coup de fil de maman à minuit pile : je pensais tellement à elle ! Et puis je prends des nouvelles d'un ami que je croyais trouver là : Françoise m'apprend qu'il ne viendra pas, son frère meurt de leucémie. Entrer dans la nouvelle année avec moins d'aimés que dans l'ancienne. Musset dit : « L'âme est immortelle, hier est demain. » J'essaie de comprendre, mais ça ressemble à la méthode Coué. Il faut entrer dans la nouvelle année avec tout son monde. Rien ne vaut que cela. Tu m'as raconté que tu avais aimé lire à Pierre mon petit livre sur Noël jusqu'à l'année où ton père était mort. La phrase qui y figure, alors, était devenue insupportable (« Cette année, le bébé Aude est là. Mais cette année, papy n'est plus là »). Je n'écrirais plus cela aujourd'hui. Une naissance ne vaut pas une mort. La naissance et la mort n'ont rien à voir. Pas plus que l'est avec l'ouest. Et on passe sa vie à se demander ce qu'on fiche là, au milieu.

Depuis qu'un ami s'est mué en inconnu, je me sens jetée dans l'avenir. Rejetée dans l'avenir, océan houleux et plein de récifs. Amarrée par de multiples cordages, je suis restée en sécurité. Une amarre a lâché, le bateau tire sur les autres, tout grince, le naufrage menace. Ce mystère — l'extraordinaire impact de ce bref cauchemar — me rappelle une aventure de ma petite Élise, alors âgée de deux ans. Elle partait en train pour Uzès avec sa grand-mère. Toutes deux étaient comme cul et chemise. Sur ses photos d'enfance, bonne-maman ressemblait d'ailleurs à Élise au point qu'il me semblait m'être donné bien du mal pour finir par accoucher de ma belle-mère... J'accompagne donc ce petit équipage jusqu'au pied du wagon. Pas de T.G.V. encore, à cette époque, tu te rends compte comme c'est ancien ? Comme elle est grande, aujourd'hui, mon Élise ! La voilà dans son loden vert. Elle mesure sans doute un mètre juste. Je lui explique qu'elle doit dormir trois fois à Uzès avec bonne-maman, je prends son pouce, son index, son majeur : une, deux, trois fois dodo. Et voilà, le pouce, l'index, le majeur, et maman rapplique à Uzès. Le pouce, l'index, le majeur, et maman fait un câlin à son bonhomme. D'accord Élise ? Elle plante son regard dans le mien, ne moufte pas. Compacte de la tête aux pieds, concentrée, immobile face à moi accroupie devant elle, elle se met, des yeux, sous perfusion avec sa mère. Dans le creux de ma main, je sens la sienne, trois doigts ouverts, l'annulaire et l'auriculaire repliés dans la paume douillette. De ma main libre, je glisse une sucette dans la poche de son loden. C'est l'heure. Elle grimpe dans le train avec sa grand-mère. Dernier regard par la fenêtre. Deux jours plus tard, lettre de ma belle-mère racontant le voyage. Élise s'installe en silence (sage, donc, commode, plutôt) à sa place dans le compartiment. Elle sort sa sucette, sa grand-mère l'aide à dégager le papier. Dans la manœuvre, la sucette tombe par terre. Microbes ! Alerte rouge ! La sucette disparaît dans la poubelle. Élise alors commence à pousser vers le ciel des hurlements de détresse. Cajoleries, caresses, promesses, puis gronderies, menaces, va te faire cuire un œuf, rien ne marche, Élise hurle, déchire les oreilles des voyageurs, dont quelques-uns, au bord de l'apoplexie, délivrent d'un ton pincé quelques conseils d'éducation à ma belle-mère qui les envoie promener. Élise a braillé comme ça, au sommet de son désespoir, de son énergie, de son courage et de sa voix, jusqu'à Lyon. Après quoi, « raide comme un soldat de l'Empire », comme l'écrit drôlement bonne-maman, elle s'est endormie sur sa banquette de moleskine.

On pourrait conclure : quitter maman, c'est pas grave, mais perdre sa sucette, c'est une catastrophe.

Conclusion erronée. Quitter maman, c'est une catastrophe. Qui peut se contenir. Mais qui éclate dans toute son ampleur si la sucette tombe et finit à la poubelle. Pour moi, à la faveur de ces lettres que je t'écris, le même processus s'est enclenché. Mes filles sont mortes. Toutes les deux. La douce grande et le petit soldat de l'Empire. La bonté de chacun nous a conduits, Laurent et moi, à la naissance d'Elvire, plus tard à celle de Gauthier. En apparence, tout va bien. Je pars déjeuner en confiance avec un ange gardien. Le restaurant est sympa. Douze ans ont passé ainsi, avec les anges. Je regarde le visage de celui-ci, déjà bien connu. Je ne me méfie pas plus que quand je regarde un paysage familier. Mais les reliefs se déplacent. Les creux les plus doux deviennent crevasses. Le sourire, rictus. La voix n'hésite plus. Les phrases sont ponctuées de ricanements. Je quitte le restaurant. L'avenue est trop large, la circulation trop dense, le bureau trop loin, la maison encore plus.

Où que j'aille, je n'y trouverai ni Mathilde, ni Élise. Mon Élise qui criait d'amour pour moi jusqu'à ce que sommeil s'ensuive ! Il faut entrer en 1993. Comme me dit Elvire souvent depuis qu'elle est née : « Je vais t'aider. »

3 mars 1993

Me voilà ! Après deux mois de silence. J'ai croisé dans le cadre à photos le regard de mes quatre enfants alors que je venais chercher un élastique dans le tiroir du secrétaire, et au lieu d'y prendre l'élastique, j'ai pris du papier à lettre.

Je reviens de vacances, puis de clinique : je me suis fait opérer à Paris de la fracture du pouce survenue à La Plagne le dernier jour. Mes efforts pour rester debout sur une piste trop rapide avaient fini comme ça. Nathalie et son mari, Laurent et moi avons ramené nos enfants et leurs amis dans les trains bondés, puis je suis partie pour la Pitié.

Je n'en pouvais plus, depuis mes dernières lettres, à Noël. Je voulais une vraie vie pour aujourd'hui, dégagée du passé. Pour la première fois, j'ai adopté la technique de Laurent, celle de l'aviateur Guillaumet : faire un pas, puis encore un pas. J'aurais voulu ne jamais l'apprendre.

T'ai-je déjà raconté ce jour de printemps 1980 où Michel, journaliste au *Monde*, m'avait emmenée visiter la maison de Monet à Giverny ? Je devais passer le prendre au journal parce qu'il ne conduisait pas. J'étais dans les encombrements, au volant de la 304 où, quelques semaines plus tôt, les filles étaient assises derrière moi. Je leur parlais et les surveillais en leur jetant des regards souriants dans le rétroviseur. Là, plus personne à regarder dans le rétroviseur. Je conduisais une voiture vide. Mais dans les encombrements, j'ai senti les petits bras de mes filles autour de mon cou, comme elles faisaient, debout à l'arrière, pour me caresser et me chuchoter à l'oreille, et je leur ai dit qu'il fallait me laisser tranquille, que j'allais chercher Michel pour qu'il m'emmène quelque part où c'était beau, qu'il fallait que maman fasse ces choses-là, qui étaient bonnes pour elle, et qu'elles devaient toutes les deux, Mathilde comme Élise, relâcher leur emprise, retirer leurs bras, se taire, me laisser avancer. Pendant ces mois, c'était pareil.

T'ai-je déjà écrit que deux semaines après la mort des petites, quand j'étais retournée au bureau, j'avais regardé mes amis, mes collègues si chers, assis dans notre salle de réunion, comme si je revenais du Viêt-nam, d'une bataille longue et lointaine qu'eux-mêmes n'avaient pas livrée ? Ils m'ont accueillie, de retour au pays. Tout reconstituer maintenant, quand plus d'une décennie s'est écoulée, exprimer comment rupture et continuité, malheur et bonheur, mort et vie, mutilation et création, épuisement et enthousiasme, fidélité et rejet, dégoût et appétit, se mêlent et font une vie quand même, c'est important. Souvent, en 1980, j'ai cherché qui pourrait me dire quelle vie serait la mienne, dans dix ans. Je suis supposée le savoir, maintenant ! Mais ces lettres sont un travail compliqué. Parce qu'il faut à la fois vivre avec candeur et raconter ce que je vis, aussi précisément que mes moyens le permettent, donc sans candeur. A moins que ce ne soit un effort de candeur supérieur.

31 mai 1993

J'hésite entre deux tentations : t'écrire pour te raconter tout autre chose et écrire des textes de chansons. Et je suis silencieuse depuis quatre ou cinq mois, n'est-ce pas ? Les chansons, c'est un travail heureux, qui me rappelle l'époque où je signais des éditoriaux dans *Elle*. Pour ne pas dire l'époque des filles.

J'ai retrouvé des photos de moi, écrivant mon premier livre, Mathilde sur les genoux. La machine à écrire portable est devant moi, Mathilde essaie de taper elle aussi, elle a un an. J'ai les cheveux très longs. C'est une jolie série de photos, mais je les ai longuement regardées sans rien éprouver. Tout cela est trop ancien. La vraie jeunesse, la machine à écrire Olivetti, un enfant tout petit... C'est le passé. Ces images intéressent beaucoup Elvire et Gauthier. Ils y voient leurs parents et leurs sœurs comme ils ne les ont jamais vus. Je les commente sans plaisir. C'est vraiment trop loin. Ne m'intéresse que ce qui reste à faire.

Mes ressources s'appauvrissent : je n'y comprends moi-même rien, au passé. Et je ne comprends pas ce qu'on lui trouve. L'autre jour, quelqu'un me disait : « Tes enfants savent que vous avez eu d'autres enfants avant eux ? » Qu'est-ce qu'il croyait ? Qu'on pouvait cacher une chose pareille ? Ce n'est pas la première fois que la question m'est posée. Elle m'irrite toujours. Je me dis : « Si on en est là... S'il faut expliquer même ça... » Elvire m'a demandé quand nous l'avions informée. Nous ne lui avons jamais rien caché mais un jour elle a compris. Voilà. Il y avait des photos de Mathilde et d'Élise dans la maison et nous parlions d'elles sans nous priver. Elvire portait les vêtements de ses sœurs au même âge. Il était évident qu'elle était la troisième fille de ses parents. Un matin, elle nous a rejoints dans notre lit et a vu, en haut de la bibliothèque, une petite radio représentant des personnages de *Sesame Street*. Elle voulait que je la lui attrape, j'ai refusé : « C'est à Élise. » « Où elle est ? » « Elle est morte. » Ces trois mots ont, ce jour-là, dit ce qu'ils disaient. J'ai su sans qu'elle les commente que ma fille leur avait donné leur sens commun.

Le souvenir de ces années m'épuise. Elles furent certainement épuisantes à vivre. Heureusement qu'elles ont l'air de t'intéresser ! J'étais sonnée, groggy, K.-O. Et pourtant : j'ai écrit deux romans, ces années-là. Les années où nous étions seuls avec Elvire. Alors ? Tu comprends ça ? Ma vraie vie était ailleurs. Avoir eu deux filles, les avoir perdues, me traîner dans l'existence avec une troisième plus petite que les précédentes, plus intelligente que moi, la plus blonde de nous cinq, ce n'était pas ma vie. Dans mes romans, je trouvais la continuité.

J'avais trente-quatre, trente-cinq, trente-six ans. Et je m'employais à tout recommencer. Ce n'était pas l'âge des débuts. Je voulais en être loin dans ma vie, et j'en étais là. A avoir un enfant tout petit. Un *toddler*, disent les Américains.

Comble de dégoût, je ne savais plus compter. Pendant ces années-là, je n'ai plus su faire une opération. Je savais encore compter à partir de zéro, et mes tables de multiplication. Mais dès qu'il y avait une retenue, une virgule, la moindre complexité, dès qu'on sortait de l'automatisme absolu, c'était foutu. Je me revois chez les commerçants, toujours perplexe devant la monnaie qu'on me rendait. Si j'avais donné un billet de 100 francs pour payer 72,85 francs de légumes, combien devaient me revenir, hein ? Je repartais tourmentée, sûre qu'on m'avait volée. Le compte n'y était jamais.

J'ai été enceinte de nouveau. Noël 1982. Fausse couche. Nous avons acheté la télévision. La vie sur l'écran m'a paru plus vraie que la mienne. Impression qui ne m'a jamais quittée. On est là, téléspectateur dans la quiétude de son foyer et on regarde les gens se démener sur les plateaux. Toute la vie sur un plateau.

Et puis enceinte encore. Pour de bon, cette fois. Mon Elvire écoutait bouger le bébé. Plus j'étais grosse, plus elle se serrait contre moi et se faisait porter. Enfin une sœur vivante ? Elle s'appellerait Madeleine. A la brocante de Barjac, dans le Gard, je lui ai trouvé une jolie timbale ancienne, à ses initiales : M.J. En l'attendant, j'ai lu tous les poèmes d'Apollinaire à Madeleine.

Mon accoucheur écoutait le cœur au stéthoscope. « Il bat lentement. C'est normal. » Échographie. J'étais enceinte de six mois. Je n'ai pas posé de question. C'était une quatrième fille, j'allais pouvoir dire « mes filles » comme autrefois. J'étais tranquille. Nouveau congé de maternité à l'horizon. Je me détendais pour la première fois dans cette nouvelle vie. Elle se glissait enfin en douceur, après quatre ans d'attente, dans la précédente.

Peu à peu, la phrase « le cœur bat lentement, c'est normal » m'est revenue. Je l'avais laissée sommeiller. Les beaux cœurs lents, ces cœurs d'athlètes, ces cœurs aux coups sourds et espacés, aux pulsations profondes, ces cœurs-là battent dans la poitrine des hommes. Je le savais. Tu mets ton oreille, ta joue sur la poitrine d'un homme et c'est ça que tu entends. C'est ça qui te protège quand tu es grande. Je me revois dans le cabinet du docteur Cohen, pâle et comme en suspens, à la visite du huitième mois. « Vous m'avez dit que son cœur battait lentement. C'est un garçon ? » Il m'a demandé si je voulais vraiment savoir. Oui ! Qu'il me confirme que j'attendais une fille ! « J'ai écrit le sexe de l'enfant au dos de l'échographie que vous avez chez vous. Regardez si vous le souhaitez. » Je suis rentrée.

L'appartement était clair et vide. J'ai ouvert le tiroir, cherché mon dossier de maternité, puis l'échographie dans son enveloppe blanche, j'ai retourné l'image et y ai lu un signe. Flèche en l'air sur un rond. J'avais vu ce signe dix fois par jour sur les dossiers de mes patients en orthophonie, je l'avais si souvent écrit moi-même depuis quinze ans. Mais je ne savais plus s'il signifiait fille ou garçon. Fille ou garçon. Flèche en l'air. Fille ou garçon. Garçon. Garçon. J'attendais un garçon. J'avais trente-sept ans et je ne dirais plus jamais « mes filles » pour désigner les enfants vivants qui m'attendaient à la maison.

1er juin 1993

Les enfants nous ont demandé cent fois s'ils seraient nés sans la mort de leurs sœurs. J'espère bien mais je n'en sais rien. La mort des petites m'a permis d'être enceinte de nouveau, comme je le voulais de toute façon, d'avoir d'autres enfants, comme je le voulais de toute façon.

Attendre un garçon a hissé au premier plan une stupeur nouvelle, reléguant au second la stupeur du deuil. Crois-le puisque je te le dis : un garçon ? Je m'attendais à tout sauf à cela.

Je ne parlais plus. J'observais dans la rue les femmes promenant leurs fils : comment habille-t-on un garçon ? Comment lui coupe-t-on les cheveux ? Quels jouets lui offre-t-on ? Et j'imaginais l'inimaginable : un homme logeait au fond de moi. Je fabriquais autre chose que moi-même. Je fabriquais la tribu d'en face. La tribu fascinante et interdite. Sans frère, sans fils, depuis toujours, je ne connaissais des hommes que le mystère et la tentation. Et il y en avait un là. Je n'y pouvais rien, je n'avais pas choisi. Je le portais. Je n'attendais, ne portais plus un enfant, mais un homme. J'en étais comme deux ronds de flan.

Laurent a bien voulu l'appeler Gauthier. Je voulais, comme pour nos filles, un prénom qui n'eut pas d'équivalent dans l'autre sexe. Mais tandis que pour elles trois nous avions choisi des prénoms portés par les femmes qui avaient inspiré les plus grands artistes (Stendhal, Beethoven, Lamartine... et Apollinaire pour ma Madeleine de rêve), je voulais pour mon fils un prénom qui résume ce que j'aime chez les hommes. La constance, la clémence, le courage, la joie et la modestie. Un des chevaliers de la Table Ronde incarnait ces vertus. J'étais sûre qu'il s'appelait, selon les versions, Gauthier ou Gauvin. Je n'ai, depuis, jamais retrouvé que Gauvin. Tant pis. Ce fut Gauthier.

Butée, j'ai préparé une valise pour la clinique en n'y glissant pour le bébé que la layette blanche et rose de ses sœurs. Je narguais la terre entière et les psychanalystes en particulier. Le petit homme allait naître d'une mère qui l'aurait à l'œil. Il allait tout m'apprendre. Je ne savais que deux ou trois trucs élémentaires, bases primaires sur lesquelles je campais, muette. L'une de ces bases était : j'ai dans mes armoires le linge de trois filles, on verra bien s'il est vraiment nécessaire d'acheter des vêtements de garçon. Mon fils aurait une identité avant d'avoir une étiquette.

Il est né. Comme il était beau ! Ne ris pas. Il

avait de si grandes mains, de si grands pieds, comme le bout des pattes de ces chiots qui semblent y puiser d'infinies réserves de croissance.

Pendant les six jours de clinique, je n'ai fait que le regarder. Rien, rien d'autre. Appuyée sur mon coude, je le regardais. Comme s'il venait de l'horizon. Comme dans ces images de *Lawrence d'Arabie* où l'homme sur son chameau approche, approche, si lentement bien que le chameau galope, si lentement parce qu'il vient de très loin et que l'animal, les vêtements du cavalier, poils et draperies se distinguent peu du sable et du halo d'air brûlant.

En le regardant, je me suis dit qu'un jour il aimerait une autre femme que moi. Je l'ai écrit à Bettelheim. Il m'a répondu qu'en effet, la relation d'une mère avec son premier fils était sans doute la moins ambivalente qui puisse être. Que l'on voyait les filles *aimées* un jour par un homme et les hommes *aimant* un jour une femme. Mais que ça vous tourmentait rarement dès la clinique !

Rien n'avait changé. Gauthier comme tous les hommes était le mystère et la tentation. Mon petit fiancé... Laurent l'a-t- il perçu tout de suite ? Je lui présentais enfin un rival acceptable !

8 juin 1993

Je ne me suis jamais sentie démunie devant mes trois filles. A tous les moments de leurs vies, je me suis sentie compétente. Pour Gauthier, dès sa naissance, j'ai eu besoin d'autrui. Un jour où, pour changer, je le contemplais à la clinique, j'ai vu soudain son bras prendre cette couleur terrible, bleu nacré, la couleur de la mort. Je l'ai saisi et me suis jetée dans le couloir, présentant mon enfant à la première aide-soignante venue, certaine que la vie s'en allait de lui, ou plutôt que la cyanose, l'étouffement, la fin conquérait ses artères. « Il a dû se reposer sur son bras », m'a dit la jeune femme en babouches, tandis qu'elle frottait sa petite main pour activer la circulation du sang. Ma fille aurait-elle eu le bras bleu que je l'aurais changée de position avec quelques babillements.

J'étais, je suis toujours, soufflée d'avoir un fils. Soufflée d'étonnement, boursouflée d'orgueil. Depuis neuf ans, à chaque fois que je dis « mon fils », je me demande si mon interlocuteur va me croire. Si ça va prendre. Tous d'ailleurs (sauf Laurent, qui a vu, placide et malicieux, s'établir un nouvel équilibre dans la famille) partagent mon incrédulité, tous ceux du moins qui m'ont connue « avant ». « Comment vont tes filles », me demande-t-on presque quotidiennement. Je réponds qu'Elvire va bien, Gauthier aussi. Les gens sont embarrassés alors, mais ça me fait sourire. Ils sont comme moi, ils pensent que ce garçon est la meilleure blague de ma vie. Moi qui croyais répondre à la disparition de deux filles par la naissance de quatre, j'étais contrée par la plus inattendue des réalités : un garçon. Auquel, en second prénom, Laurent avait donné le prénom de son oncle et de son arrière-grand-père, histoire de l'ancrer côté Vikings comme il ne l'avait pas fait pour ses filles. Alors j'y ai aussi été du prénom de papa. Gauthier sait tout cela sans qu'on le lui raconte. Quand il signe, il écrit « G.J.L. ». Car G.J., seules, seraient les initiales de sa mère, au-delà des siennes. Il y rajoute celle de son père, pour faire bonne mesure. Boursouflée d'orgueil. La vraie yiddish mama. Œdipe ? Du moment que le petit aime bien sa maman... L'histoire dont je me sens la plus proche dans le genre est celle toute simple de cette mère juive qui appelle l'aéroport : « Allô Roissy ? C'est quand qu'il arrive, l'avion de mon fils ? »

Elvire et Laurent sont venus nous chercher à la clinique. Pendant que nous réglions factures et paperasses, elle portait le bébé et le montrait à tout le monde dans la salle d'attente. Et nous voilà en voiture. Elle sur son siège, lui dans son lit-nacelle. Nous, les parents, devant. Personne ne disait rien. Nous allions, rêveurs, dans les rues de Paris. Tranquilles. Et au feu rouge, dans l'attente, j'ai entendu la voix d'Elvire. « Y en a deux, hein maman ? » Elle avait deux ans dix mois. Je savais ce qu'elle avait dit mais j'ai insisté : « Y en a deux quoi, mon amour ? » « Y en a deux enfants. »

Dès mon retour à la maison, mes difficultés pour compter se sont évanouies. Nous étions quatre à nouveau. Je savais à nouveau faire les multiplications, les divisions, calculer ce que l'épicière devait me rendre à la caisse. Le compte y était.

15 juin 1993

Tout est arrivé en même temps, en un trimestre. La naissance de Gauthier, la création d'un mouvement d'opinion autour des accidents de la route, mon engagement politique et mon changement de carrière. J'avais cessé de subir l'histoire et voulais l'écrire à mon tour. Assez vite, j'ai attendu un cinquième enfant que j'ai perdu dramatiquement dans les premiers mois ; j'ai compris les limites de ma mégalomanie.

Il faudrait que je t'explique pourquoi j'ai fondé la Ligue contre la violence routière, mais je me fatigue. Résumons. Militer dans ce domaine signifiait accomplir des gestes pénibles, comme me rendre sur les plateaux de télévision et dire en substance : regardez mon visage, regardez l'indignité d'une femme qui a perdu ses deux enfants. Les accidents de la route, c'est ça. Nous sommes chaque année tant de milliers à avoir cette tête-là. J'aurais voulu rester douce et attirer les gens qui aimaient les femmes douces. Au lieu de cela, j'affrontais les chauffards, les coups de klaxon, les crissements de pneus, les bruits de tôles,

les sirènes d'ambulance. Curieux plan de séduction. J'aurais voulu rester dans le monde de la littérature et de la poésie ? Je courais les administrations, à la recherche de statistiques. J'aurais voulu m'abêtir avec mes bébés ? Je répondais au courrier de ceux qui me racontaient la mort de leurs amours. Pourquoi ? Parce que c'était plus fort que moi. Raisonnablement, je n'aurais pas dû le faire. Trop austère, trop dur, injuste envers moi-même. Je n'ai jamais quitté la maison pour aller à une réunion, parler à un colloque, répondre à une interview sans prier pour trouver la tangente, échapper à la plongée dans cette vérité. Mais je l'ai fait quand même. Il faut croire que je ne pouvais l'empêcher. Et puis il y a les gens. Ceux de la Ligue, bien sûr. Mais d'autres aussi, des fonctionnaires, des médecins, des journalistes qui m'ont conquise. Dès que tu aimes, tu es foutue.

D'ailleurs les contrepoids surgissent d'eux-mêmes. J'ai reçu un coup de téléphone d'un groupe de presse et ai plongé dans le journalisme. J'ai connu là ce que ma famille n'avait pu m'offrir : la légèreté. Tout ce que j'aimais sous un toit : la création, l'écriture, le service, l'équipe, le commerce, la recherche, le combat. Et retrouvé l'incomparable joie de travailler directement pour quelqu'un que je reconnaissais comme mon patron. J'étais arrivée à bon port.

Au square avec les enfants, je n'étais pourtant pas une mère comme les autres. Sur mon banc ou assise au bord du bac à sable, je regardais mon Elvire faire des pâtés et laissais Gauthier sucer son biscuit. Si une femme voulait me parler, je n'avais le choix qu'entre une façade enjouée qui me dévastait (« Oui, la mienne a déjà trois ans et demi mais le toboggan lui fait encore peur, c'est fou de voir votre petit bout de chou si hardi en haut de l'échelle », etc.) ou une vérité inacceptable en société (« Ce sont mes deux cadets. Les aînées sont mortes il y a quatre ans »). Pour toujours j'étais une déplacée. Prolétaires, immigrés, autodidactes, handicapés, chômeurs et parents en deuil sont plus proches les uns des autres qu'on ne le croit. Ils ont au moins un point commun : tenir une conversation normale, banale et sautillante leur demande un effort herculéen. Ils n'attendent qu'une chose : le moment où ils pourront caser une phrase sur leur malheur. Treize ans ont passé et je ne tiens pas encore une demi-journée sans évoquer mes filles.

J'apprends que M. et Mme Villemin, qui ont lu mon témoignage recueilli par Guillemette de Sairigné, voudraient me rencontrer : j'ai exprimé ce qu'ils avaient vécu eux-mêmes. Comme je les comprends. Et comme je me souviens bien de certains de leurs mots à eux, parus ici et là. Ceux qui étaient frappés au sceau de l'authenticité, ceux que l'on devinait réécrits par des plumes grossières. On les repère entre nous, ces mots-là. Et comme je me souviens de mes propres désirs de rencontre...

Ovide, entre autres ! Qui a « recueilli » le « témoignage » de Niobé. Elle est la fille de Tantale et d'une des Pléiades. Elle se pavane, défie les dieux, ses beaux cheveux flottent sur ses épaules. Elle a sept filles et sept fils. « Je suis heureuse, qui pourrait le nier ? Ma félicité est parvenue à un point où je n'ai plus rien à craindre. » Alors, une déesse qui n'a que deux enfants décide de rabattre son caquet à cette pimbêche. Elle tue ses fils un par un. « La renommée, la douleur du peuple, les larmes des siens ont appris à la mère cette catastrophe subite. Elle s'étonne que les dieux aient pu l'accomplir. Elle s'indigne qu'ils l'aient osé et que leurs droits aillent jusque-là... Penchée sur les corps glacés, elle distribue au hasard à tous ses fils ses derniers baisers. » Mais elle se reprend et se vante à nouveau, fière et arrogante. Il lui reste sept filles, et la déesse qui veut la mater n'a que deux enfants ! « Elle dit, et aussitôt on entend résonner la corde de l'arc tendu. Niobé est la seule entre tous qui n'ait tremblé ; car le malheur accroît son audace. » Et les flèches abattent les filles une à une. Jusqu'à ce que ne reste que la plus jeune. « Laisse-m'en une, la plus petite de tant de filles ; je ne demande que la plus petite, rien qu'une. Pendant qu'elle prie, celle pour qui elle prie n'est déjà plus... Il n'y a plus rien de vivant dans les traits de Niobé. Sa langue même se glace à l'intérieur de son palais durci et tout mouvement s'arrête dans ses veines... Elle pleure pourtant ; un vent impétueux, l'enveloppant d'un tourbillon, l'a emportée dans sa patrie ; là, fixée au sommet d'une montagne, elle se fond en eau et aujourd'hui encore ce bloc de marbre verse des larmes. »

Après la mort de Mathilde et d'Élise, une amie grecque m'avait parlé de cette légende. Je savais mon beau-père capable de la retrouver en un instant dans sa bibliothèque. Il m'a immédiatement déposé son livre d'Ovide avec ce mot qui n'a jamais depuis quitté les pages : « Pour Vève (page 7 *sqq.*). Ce n'était qu'une bien petite chose à faire pour vous... Je préférerais me jeter dans la Seine, si ça pouvait être utile. » Quelques lignes sur papier à en-tête du ministère des Affaires étrangères.

Alors voilà. Jean-Marie Villemin et mon beau-père ambassadeur, Christine Villemin, Niobé, moi, les ouvriers, les bourgeois et les demi-dieux, nous n'avons qu'une histoire. Et nous la trouvons mieux racontée par les autres. Plus j'explique, moins je comprends. Toi-même, quand au stade tu as vu Elvire jouer au ping-pong « avec une jeune fille », ce sont tes propres termes, et que je t'ai dit : « Cette jeune fille, c'est Aude, le bébé qui dormait dans la R5 avec Mathilde et Élise », tu étais stupéfait. Trop proche soudain pour comprendre. Moi c'est pareil. Mon histoire est plus claire racontée par Ovide. Et l'histoire de Grégory plus claire à ses parents racontée par moi.

Uzès, 11 août 1993

Elvire a reçu une carte postale d'une amie lui annonçant la mort, en juillet, d'une de leurs camarades de classe, grande sœur d'un copain de Gauthier. Je faisais la sieste. J'entendais dans mon demi-sommeil la voix de ma fille de douze ans parlant à son père, respectant le sommeil de sa mère. « Il faut que je le dise à Gauthier, n'est-ce pas ? » Il jouait avec son cousin. Gauthier ne veut pas entendre parler de la mort. Aussi quand Elvire l'a informé a-t-il caché ses pensées et s'est-il à peine dérangé de son jeu, si bien qu'Elvire s'est retrouvée seule avec la nouvelle qu'elle venait de lire sur une de ces cartes de vacances qui ne devraient jamais rien vous annoncer de tel. « Que se passe-t-il ? » ai-je demandé, feignant de n'avoir rien entendu, sûre qu'Elvire voudrait tout me dire elle-même.

Elle m'a rejointe sur le lit, s'est blottie, a gémi puis sangloté. Elle m'avait raconté, depuis la rentrée scolaire, la maladie de cette amie. Je savais que Laurence venait en classe par intermittence, qu'elle avait changé physiquement, que sa mère, toujours gaie, venait la chercher à l'école avec ses deux plus jeunes enfants, lui demandant si elle n'avait rien oublié dans son casier, comme nous demandons à nos enfants qui ont encore dix ou quinze ans de scolarité devant eux. Et voilà. Laurence avait sombré dans le coma. Elvire me l'avait dit aussi mais là, dans ses larmes, elle découvrait que jamais elle n'avait imaginé que Laurence mourrait. Et c'était si cru, cette mort, cette fin de tout, si invincible, cette vérité terrestre qui fait que l'enfant qui ne devait rien oublier dans son casier ne ferait pas, dans trois semaines, la rentrée scolaire, qu'Elvire n'avait que les sanglots pour lier les deux réalités, celle de la vie hier, complète même dans le coma, et la mort, éternelle dès le premier instant. Or, se débattant dans cette douleur aiguë, elle savait déjà que bientôt, très bientôt, cette douleur s'émousserait, et malgré ses hoquets, son petit corps secoué, son visage rouge, bouffi, elle regrettait la pureté de sa révolte avant même qu'elle ne s'évanouisse et refusait que ce chagrin s'intègre à sa vie. « Quand j'en parlerai à mes enfants, plus tard, ils ne comprendront pas comme c'était horrible », me disait-elle. Et aussi : « Peut-être que demain, déjà, par instants, je n'y penserai pas. » Cette idée la faisait redoubler de rage. Loin de chercher à souffrir moins, elle voulait que ne s'estompe jamais la fraîcheur de la douleur, seule réponse acceptable à une disparition que tout son être refusait. En l'écoutant je l'aimais d'avoir déjà tout compris, et je pensais à ces lettres dans lesquelles, tant d'années après, j'essaie de voir, justement, ce que tout est devenu.

12 août 1993

Quand un inconnu me demande, devant Elvire ou Gauthier, combien j'ai d'enfants, je les sens qui guettent ma réponse avec une vigilance presque hostile. Ils savent que je vais mentir et répondre « deux ». Ils ne manquent jamais ensuite de me demander pourquoi une fois encore je les ai trahis, ai trahi leurs sœurs, me suis trahie moi-même. Ils enragent de me voir ainsi brader la vérité. Ils sont quatre, ces enfants. Nés troisième et quatrième. Ce que sont leurs sœurs pour eux, seuls ils pourront un jour le dire si ça les intéresse de chercher à le comprendre. Mais elles sont leurs sœurs, et leurs aînées bien qu'ils les aient maintenant dépassées en années sur terre. Et ils sont écœurés de m'entendre réécrire l'histoire en n'avouant pas la plus têtue des réalités : j'ai quatre enfants, trois filles et un garçon.

A Uzès l'autre soir, cris pressants d'Elvire : « Viens ! Viens maman ! » Je me précipite. « C'est l'abat-jour de Mathilde qui brûle », me dit-elle. Oui, leur lampe de chevet, avec sa boîte à musique qui joue *A la claire fontaine*, est coincée contre le mur, l'abat-jour a été déplacé et touche l'ampoule. J'éteins, enlève l'abat-jour. Il est troué, un trou béant. Cette lampe date d'une des aînées, j'aurais plutôt dit Élise. Les enfants pleurent. Je hausse les épaules : « Quand l'ampoule sera froide, je remettrai l'abat-jour en le tournant pour que le trou ne se voie pas. » Ce que j'ai fait. Et j'ai couché mes petits. Puis, presque endormie moi-même, je me suis arrachée à leur bonne odeur et à leurs corps assoupis jetés en travers du mien, pour rejoindre mon lit. On me répète qu'ils sont trop grands pour dormir avec moi !

Draps frais, immensité du grand matelas. Elvire, mon Elvire me réapparaît telle que je l'ai vue il y a quelques heures sur le quai de la gare à Avignon, dans l'embrasure de la porte, au seuil de son wagon. Elle revenait de Chine où l'avait emmenée sa marraine. Elle avait empilé sur sa tête les chapeaux de rizière qu'elle nous rapportait et me souriait, rigolote, si drôle et vivante. Revenue drôle et vivante de l'autre bout du monde. « Ma sœur que j'aime tellement », murmurait Gauthier en l'attendant. Engloutie pendant deux semaines dans les milliards d'Asiatiques, elle s'en était distinguée pour revenir chez elle. *At home*. Avec ses chapeaux. Je songeais à la manière dont, treize ans plus tôt, je cherchais mes filles parmi ces milliards d'inconnus. « Si je faisais passer l'humanité entière, chaque être l'un après l'autre par un portillon, je finirais bien par voir passer Mathilde et Élise... » Elvire était là. Au portillon. Je me suis endormie. Une petite fille courait sur une route ravagée par la guerre, courait nue et pleurante. Je m'approchais d'elle. « On a tourné la brûlure pour qu'elle ne se voie pas », me dis-je. Je m'approche. Je reconnais à la fois ma fille — mais laquelle ? — et l'enfant vietnamienne au dos brûlé qui fuyait son village en feu pendant la guerre.

Elvire m'a raconté qu'à l'aéroport, en Chine, sa marraine, de peur de la perdre, avait noué sa robe au tee-shirt de sa filleule. Un cordon ombilical de coton ! Les gens sont beaux.

23 août 1993

J'ai rejoint « les miens » pour un dernier week-end d'été : Laurent et les enfants finissent le mois à Uzès. Gauthier m'a montré l'index de sa main droite, raide, chaud et gonflé après qu'il s'était fait piquer par un insecte, peut-être un petit scorpion, on ne le saura jamais, en introduisant son doigt à l'intérieur du robinet, dehors. Elvire s'est organisée avec un vieux monsieur pour lui panser son cheval et donner du grain à ses poules matin et soir, dans un mas de l'autre côté de la ville. La maison est pleine de famille, de cousins, de chiens. Samedi, nous avons dîné chez des amis, au pied du pont du Gard. C'était brillant et amusant, des auteurs à succès, des producteurs de cinéma, ils avaient des histoires à raconter qui nous enchantaient, on ne pouvait distinguer le vrai du faux, par moments ils se laissaient entraîner par leur talent, d'autres fois ils nous faisaient partager d'excellentes anecdotes, savoureuses pour qui, comme nous, mène une vie tranquille. Le lendemain, tennis. Gauthier, de l'autre côté du grillage, y plaquait sa joue pour que je l'embrasse quand j'allais ramasser une balle de son côté. Je l'embrassais, je jouais, je pensais en même temps à ma fille qu'il faudrait aller rechercher vers midi parmi ses chevaux, ses ânes et ses poules, et à ce qui restait de la soirée de la veille, comme le récit des obsèques de Francis Bouygues, avec les pin's Bouygues qui accompagnaient les cartons d'invitation. Les hôtesses en noir qui vous plaçaient à votre arrivée dans l'église. Les écriteaux « personnalités », « TF 1 », et l'écriteau infamant : « divers »... Des obsèques en béton. Cette rage d'être le meilleur partout. Du moins tant que l'on contrôle encore quelque chose ! Et moi, battue une fois de plus ! 6/2, 6/1 ! A quand remonte ma dernière victoire, en tennis ?

Hier soir, Laurent m'a emmenée à l'aéroport de Nîmes. J'aime ces week-ends mais je suis complètement paumée quand je le quitte. De la voiture, sur la route, nous avons vu atterrir l'A 320 qui allait me ramener. Dans l'aérogare, des gens attendaient les passagers qui débarquaient en provenance de Paris. Laurent s'est emparé de mon bagage à main et de mon billet pour m'enregistrer. Mon regard s'est posé sur une très jeune fille, blonde, aux cheveux longs, elle était dans la chaleur habillée d'une toute petite robe, un voile de tissu sur son corps mince. Elle regardait en souriant à peine, Vanessa Paradis en plus innocent, Ophélie en plus charnel. Je me suis dit qu'elle attendait le garçon de son cœur, et en effet un très jeune homme, grand, long, fin, tout brun s'est dirigé vers elle et l'a enlacée. Ils se sont embrassés si tendrement, si longuement ! Leurs bras enserraient la taille, puis la nuque, puis les hanches, et la taille encore, je me disais comme souvent que rien ne se compare aux débuts d'un amour, j'hésitais entre mes propres souvenirs et mon regret de savoir ce qu'il advient de ces délices. Je pensais à des retrouvailles avec Laurent autrefois, dans l'aéroport de Chicago. Pourquoi lui avoir mis tous ces enfants sur les bras, à mon très jeune homme à moi, et une femme pas commode, et des responsabilités, des soucis ? Et pendant ce temps, ils s'embrassaient toujours, les amoureux merveilleux, à dix mètres de moi ! Je pensais aussi que tout n'était pas si triste puisque vingt-trois ans plus tard, je quittais encore le mien, le cœur gros pour une séparation de cinq jours seulement. Je pensais à cette réflexion que je m'étais faite la veille, pendant ce dîner brillant : dans ces réunions, ce n'est jamais Laurent qui fait le paon, raconte les histoires qui captivent, font rire l'assemblée. Mais c'est toujours lui qui intrigue la cour avec sa présence vigilante, sa façon d'écouter gentiment, de laisser la vedette à qui veut la prendre. Tout de même c'était fou ce spectacle des amoureux qui n'en finissaient plus de mélanger leurs cheveux, n'arrivaient pas à quitter l'aéroport. Laurent m'a rejointe. « J'ai sorti ça de ton bagage, il était trop lourd, ils voulaient le mettre dans la soute. » « Ça », c'était le gril-minute Seb que je rapportais à maman ! Voilà mon Laurent qui me tend mon bagage, ma carte d'embarquement et s'apprête à me dire au revoir en traversant le hall, son gril-minute Seb au bout du bras... Je le rattrape par la manche, lui dis qu'on a le temps de prendre un café, lui parle avec fièvre, lui montre les amoureux, me lance dans des discours confus, lui dis que je déteste les épouses qui démolissent l'homme qu'elles aiment, les envoient au super-marché, leur font remplir le coffre de la voiture, pratiquant le chantage au « tu ne t'occupes pas de tes enfants », et moi qui le laisse à Uzès avec les nôtres... Lui : « Excuse-moi, mais j'ai vraiment peur que tu ne rates ton avion. Et puis être un vieux con célibataire, ça ne me tentait pas du tout. » Moi : « Je m'en fous, de mon avion. Au moins tu aurais pu te trouver une petite femme douce et effacée, qui se serait occupée de tout pendant que tu marchais vers ton destin. » Il se lève, hausse les épaules : « Ça, c'est le XIXe siècle. Ça ne me dit absolument rien. » Je fourre le gril-minute Seb dans mon sac. Il y a des limites. Nous nous embrassons. Laurent s'assure qu'on ne me fait pas d'ennui. Dernier signe de la main, c'est fini. Mais je l'aurai vu partir les mains libres.

Et voilà. Dans l'avion, je pense à lui, aux enfants, au chemin derrière la maison, bordé de ronces, où nous nous promenions la nuit tous les deux, dans nos premiers étés, et où ensuite, avec les chiens et chacun des quatre enfants, j'ai été cueillir des mûres. Mais quand je suis descendue d'avion à Orly, alors que personne ne savait que je rentrais, je me suis quand même surprise à balayer du regard les gens groupés qui attendaient les passagers, on ne sait jamais !

A la maison, pas d'autre désordre que celui que j'avais laissé en partant vendredi. Sur la table, des papiers à remplir pour la rentrée scolaire des enfants. Des dates pour le Conseil régional à reporter sur mon agenda. Je jette un coup d'œil à l'aquarium et à la cage : poisson et oiseaux vont bien. Gauthier rentre au CM 2, c'est la dernière année où j'ai un enfant dans le primaire. Et dans cinq semaines, je change de job. Je mets en route la machine à laver, n'ai plus que quelques jours pour nettoyer l'appartement, remplir le réfrigérateur, éponger le retard de paperasserie. Je me couche. J'essaie de me rappeler quels pyjamas, quelles chemises de nuit portaient Mathilde et Élise dans les tout derniers temps. A Uzès, par cette chaleur, Elvire et Gauthier dorment en tee-shirt et caleçon.

Au bureau, j'arrive encore agitée par cette vie décousue, ces séparations, ces contradictions. La lecture des journaux, rite du matin, n'arrange rien. Sur les étagères, les photos de mes enfants. A douze, neuf, sept et quatre ans, ils forment une famille cohérente. Les visiteurs me demandent parfois : « Ce sont vos enfants ? » Oui. Ce sont mes enfants. Sauf que les cadets sont les aînés, mais inutile d'entrer dans les détails. Je me rends compte que, depuis que je t'écris, je n'aime guère évoquer mes filles avec les étrangers. Il m'arrive d'essayer de me rappeler comment c'était, quand je ne t'écrivais pas. Dans ma dernière lettre, où je te racontais le retour d'Elvire après son voyage en Extrême-Orient avec sa marraine, j'ai mis longtemps à comprendre que la vision d'elle au pied du wagon me rappelait d'autres visions de retour. Qui, elles, sont restées des visions.

Je suis comme Pénélope avec sa tapisserie : tant qu'elle y travaillait, il ne serait pas dit qu'Ulysse ne reviendrait jamais. Moi aussi, dans cette correspondance, j'essaie de réunir ma famille.

Lundi 6 septembre 1993

Rendez-vous ce matin au ministère des Transports, dans la Grande Arche. Je sors du métro avec quelques minutes d'avance et me promène dans la galerie marchande. Un disquaire : je me dirige vers les enregistrements d'Eric Clapton. Il y a un peu plus de deux ans, j'étais partie avec le directeur financier de mon bureau effectuer un voyage d'études aux États-Unis. Dès l'atterrissage à New York, gros titres des journaux : l'enfant d'Eric Clapton, un petit garçon de deux ans, était tombé par la fenêtre. Du vingt-cinquième étage, je crois. Dans les jours suivants, entre deux séminaires, je montais regarder la télévision dans ma chambre. Voir, savoir, penser. Image de Clapton debout près de la tombe.

Chez le disquaire, je regarde la date des enregistrements proposés. J'achète un double CD, deux heures « live », une tournée toute récente. Comment chante-t-on, deux ans après ?

Et le soir, j'écoute en repassant le linge. Des solos de guitare à n'en plus finir, fastidieux. Des chansons familières d'il y a dix, vingt ans. Et puis *Tears in heaven*. Chuchotée, une berceuse accompagnée à la guitare sèche. Bruno, avec qui j'écrivais des chansons au début de l'année, m'avait raconté un matin que, la veille, ses fils lui avaient demandé de jouer pour eux, à l'heure du coucher. Il avait pris sa guitare à douze cordes et chanté *La Poupée qui fait non*. Avec les mêmes accents que ceux que j'entendais là ? Chanter pour ses fils, au pied de leur lit. Chanter sur scène pour un fils tombé de son lit.

Dans sa berceuse, Clapton pose les questions que seule une chanson permet de poser simplement. « Sauras-tu mon nom, si je te rencontre au ciel ? Me donneras-tu la main ? Tout sera-t-il comme avant ? Je dois être fort, car ma place n'est pas au ciel. Je sais que je trouverai mon chemin à travers le jour et la nuit. Au-delà des portes, il y a la paix. Pas de larmes, au ciel. Mais ma place n'est pas au ciel. »

Même démarche autrefois quand j'écoutais le *Stabat Mater* écrit par Dvořák après la mort de ses enfants ou contemplais le Christ étendu peint par Mantegna, orphelin de deux fils. Quand on a perdu son enfant, il ne reste qu'à comprendre ce que l'on peut. Certains artistes s'y emploient à travers la fiction. Ils ont raison. J'ai montré, dans mes premiers romans, très précisément ce que j'avais perdu, bien plus précisément qu'à toi. Toutefois, sans dire que je l'avais perdu. Madeleine Chapsal me l'a reproché, d'ailleurs. Mais un livre n'est pas là pour tout dire à la fois. S'il dit une chose, c'est déjà beaucoup. Sur son tableau, Mantegna montre le Christ sous un angle tout particulier, vu les pieds devant. Sans doute comme il a vu ses propre fils, Frederico et Girolamo. Et comme je n'ai pas vu mes filles. Par ailleurs, à la tête du lit, il se représente lui-même, stupéfait et douloureux. Donc, il montre ce qu'il voit et se montre tel qu'il s'imagine. Il expose le spectacle et s'interroge sur la douleur. Il cherche à savoir quel homme il est maintenant que ses fils sont morts.

Clapton dans *Tears in heaven* aborde la question du temps. En prenant le contre-pied du cliché qui veut que le temps efface tout. « Je sais que le temps peut me faire tomber, fléchir, courber l'échine, me réduire à implorer du secours », chante-t-il. C'est vrai. Je l'ai su tout de suite. J'ai vécu sur le bonheur, sans savoir sur quoi je vivrais ensuite.

Bettelheim affirmait que les enfants si malades de l'École orthogénique devenaient des adultes plus solides que la moyenne, car, vainqueurs de l'épuisant combat contre leurs désordres intérieurs, ils ne se laissaient pas intimider par les difficultés normales de la vie. Nous ressentons cela tous les deux, Laurent et moi. Un soir, à Uzès, il était seul dans le mas avec sept enfants. Une fillette s'est écrasé le doigt sous une énorme pierre dans une grange. Il m'a raconté comment il l'avait emmenée, serrée contre lui, bouleversé par cette petite main mutilée, mais exalté d'emmener l'enfant vers les médecins compétents, ce qu'il n'avait pas eu la chance de faire pour ses filles. Soigner, quelle activité réconfortante.

Donc, ce que je cherche à t'expliquer, c'est que Bettelheim a raison, mais Clapton aussi. J'en reviens à la chute de l'empire et la chute du gant. Si tu as résisté à la chute de l'empire, tu es un cador. Tu sais à quoi tu peux survivre. Tu as du muscle, ça t'a servi, tu en es fier. Seule pourra t'entraîner dans le naufrage une chute d'une tout autre nature. Qui te cueille en douceur. Alors tu tombes, doucement et bas. Si doucement que tu ne fais pas de bruit en touchant le fond. Pas plus que n'en fait, quand tu le prononces, le mot disparition.

13 septembre 1993

Remue-ménage au bureau : mes amis font leurs cartons. Nommée dans une rédaction, je quitte le service du développement. Mes amis ne me sont plus rattachés, ils déménagent, s'installent dans de nouveaux locaux. Je prends mes prochaines fonctions dans quinze jours. Demain matin, la moto de Philippe, le directeur artistique avec lequel j'ai travaillé en tandem depuis quatre ans, ne sera pas garée devant la porte. La première question du jour : « Philippe est là ? » ne sera plus jamais la première question du jour. Je suis contente d'aller où je vais. Pourtant, jusqu'à ce que les amis fassent leurs cartons, je n'ai pas voulu savoir que j'y allais sans eux.

Certaines pages se tournent normalement. Sans malheur.

❖

Elvire et Gauthier cherchaient cet été à Uzès un cadeau pour l'anniversaire de leur père. Que trouver, quand on a douze et neuf ans et seulement trois petits sous au fond de sa poche ? Gauthier, soucieux d'identité, passionné par le mystère des prénoms comme par celui des hiéroglyphes, a choisi un porte-clef énonçant les caractéristiques des « Laurent ». Dans une librairie, Elvire m'a entraînée vers le rayon des poètes. « Lamartine », disait-elle, car elle savait que son père l'avait appelée Elvire comme l'amante à laquelle est dédié *Le Lac*. Mais Laurent en possédait déjà tant d'éditions différentes ! « Verlaine... Il aime Verlaine ? » Oui. Et ne le connaît sans doute pas parfaitement. Un mince recueil l'a attirée : *Sagesse, Amour, Bonheur.* Il entrait pile dans son budget. Avant de l'envelopper dans du papier-cadeau, elle a écrit sur la page de garde : « Pour mon papa, qui m'a fait grandir dans la sagesse, l'amour et le bonheur. »

Un jour, les enfants m'ont demandé si mon père aussi aimait la poésie. Oui, Appollinaire surtout. A travers lui, par exemple, il se rapprochait de la nature, comme la bruyère qui tapissait Noirmoutier et lui rappelait un poème qu'il nous disait, à Christine et à moi, quand nous étions petites. Je le leur ai récité.

J'ai cueilli ce brin de bruyère
l'automne est morte souviens-t'en
nous ne nous verrons plus sur terre
odeur du temps brin de bruyère
et souviens-toi que je t'attends

Ils n'ont pas commenté. Quels adieux évoquaient-ils ? Silencieuse aussi, je songeais que papa, en récitant ces vers, se préparait peut-être déjà à nous dire au revoir. Quelle chance de pouvoir se préparer.

L'occasion nous a été donnée cet automne de voyager tous ensemble. Nous avons choisi le Canada, pour être éblouis par les érables dorés. Et de là, nous pourrions descendre jusqu'à Chicago, afin de montrer aux enfants notre tout premier appartement d'étudiants, dans le quartier italien et yougoslave proche du campus où Laurent avait fait ses études. J'en profiterais pour revoir l'école de Bettelheim.

C'est donc le long des grands lacs, à travers les forêts, en voiture puis en train, que lentement nous sommes revenus sur nos traces, vingt et un ans après. Laurent dans son amphithéâtre passait entre les tables des étudiants qui lui avaient succédé. Les enfants regardaient les maquettes. Leur père leur expliquait son amour pour l'architecture qui l'avait nourri, celle de Mies van der Rohe, le verre, le métal, la sobriété, les structures extérieures qui libèrent l'espace intérieur, la philosophie du « moins » qui est « davantage ».

Et puis notre petit perron, derrière le stade de baseball des White Sox.

Quand nous sommes arrivés devant l'École orthogénique, je ne me suis pas sentie bien. Je regardais la petite porte jaune dont, jeune thérapeute, j'avais eu la clef pendant presque deux ans. La lanterne, la fenêtre qui fut celle du bureau de Bettelheim, à droite. Derrière les rideaux de la fenêtre de gauche, la maison de poupée n'avait pas changé de place. Mais je fuyais, je ne voulais pas me faire photographier. J'attendais Mathilde, la dernière fois que j'avais franchi cette porte. Nous allions alors si volontiers au-devant de notre vie.

Nous sommes partis déjeuner dans un restaurant italien. Une mélodie me hantait, une chanson de l'époque, Joan Baez ou Bob Dylan. Pourtant je ne les ai jamais spécialement aimés ces deux-là. Pourquoi me tournait-elle dans la tête ? Je ne pouvais pas m'en défaire. Et puis les paroles me sont revenues en mémoire : « Where have you been, my blue eyed son, oh where have you been, my darling young one... » Où es-tu passée, mon enfant aux yeux bleus, oh, où es-tu passée, ma jeune enfant chérie...

Je pensais à mon correspondant, à Paris, à toutes ces lettres écrites pour savoir où étaient passées « my darling young ones ». La question restait vierge. Rien n'avait été dit. Nous étions à Chicago tous les quatre, Laurent, Elvire, Gauthier et moi. Nous n'y serions jamais tous les six. Il fallait recommencer, écrire encore mille lettres. Mais j'ai acheté une simple carte postale pour dire à notre ami que nous passions de bonnes vacances et l'embrassions tous très fort.

Achevé d'imprimer en février 1994
sur les presses de Brodard et Taupin
à La Flèche
pour le compte des Éditions Calmann-Lévy
3, rue Auber, Paris 9e

N° d'impression : 6936I-5
Dépôt légal : mars 1994
N° d'éditeur : 11977/01